口入屋用心棒

天下流の友

鈴木英治

目次

天下流の友　口入屋用心棒

第一章

一

　ほとばしった気合が、礫と化して耳に飛び込んできた。

　だが、それで湯瀬直之進が動揺するようなことはない。

　どうりゃあ、と目の前の年若い門人が魂のこもったかけ声を再び発した。直後、深い踏み込みを見せて打ちかかってくる。

　正眼に構えていた竹刀を躍らせ、直之進は門人の斬撃をあっさりとはね上げた。

　がつっ。

　まるで木刀を打ち合ったような音が響き、門人の両手が力なく上がる。

　胴ががら空きになった門人が、しまったといわんばかりに面の中で顔をしかめた。

がら空きの胴を狙って竹刀を打ち込むのはたやすい。だが直之進は手を止めるやいなや、すっと後ろに下がった。

あわてて手元に竹刀を引き戻した門人が、なにゆえ打ってこないのか、と表情で問いかけてくる。

理由を伝えるべきか直之進が迷った瞬間、時の鐘の音が中空を越えて響いてきた。

昼の九つの鐘である。あれは、上野の寛永寺で打たれたものだ。

鐘の音を聞いた直之進はだらりと竹刀の刀尖を下げ、背後の見所を見やった。

いつもなら師範の川藤仁埜丞が座しているはずだったが、今日は姿がない。

――ああ、午前の稽古はお休みであったな。

顔を転じ、直之進は、少し離れたところで門人に厳しく稽古をつけている倉田佐之助に目を当てた。

時の鐘が鳴り終わった今も佐之助は、がっしりとした体つきの門人と激しく打ち合っている。手加減していることをまったく感じさせない竹刀の動きと足さばきだ。

——倉田の相手をしておるあの男は、確か品田十郎左といったな。もともと筋がよかったが、この道場に来てさらに腕を上げたようだ。

深く踏み込んだ十郎左が、佐之助の胴を狙った。その斬撃を、ばしん、と竹刀で床へと叩き落とした佐之助が、十郎左の面を打とうとする。

首を傾けてぎりぎりで佐之助の竹刀をよけた十郎左が、竹刀を逆胴に払っていく。

それを再び叩き落とした佐之助が姿勢を低くし、床に接していた刀尖を振り上げていった。

十郎左からは佐之助の竹刀が見えにくかったようだが、勘よく左に動いてそれをかわそうとした。

だが、佐之助の竹刀は鎌首をもたげた蛇のような動きを見せて、もうひと伸びした。

おおっ、と直之進の口から声が漏れたほどの鋭さだ。

がつっ、と鈍い音がし、十郎左の体がわずかに宙に浮いた。うぐっ、と息の詰まった呻き声が直之進の耳に届く。

すうっ、と流れるような動きで佐之助が竹刀を引いた。

胴を打たれた十郎左の大きな体が前屈みになり、そのまま床に倒れかかった。しかし、それを必死にこらえた十郎左は、よろけながらもなんとか両足で踏ん張った。顔を上げて佐之助を見つめる。

――ほう、倉田の竹刀をまともに受けて、立っていられるとは……。

十郎左の精神力と足腰の強靱さに、直之進は目を丸くするしかない。他の門人らも、竹刀を持つ手を止めて十郎左を感嘆の目で見守っていた。

「大丈夫か」

十郎左に近づき、佐之助が声をかけた。

「はっ、なんのこれしき」

響きのよい声で十郎左が答える。面の中の顔にかすかな笑みが浮かんでいるのは、佐之助の強さに素直に感心しているためか。

「ならばよい」

満足げにうなずいた佐之助が直之進の眼差しを感じ取ったか、こちらに顔を向けると、すぐさま顎を引いた。

直之進はうなずき返し、佐之助から目を離した。

「よし、午前の稽古は終わりだ」

まわりの門人たちを見回して、直之進は声高く宣した。

その声を受けて、それまで一心不乱に稽古に励んでいた者たちが一斉に動きを止める。気合や竹刀の響きがやみ、道場内は静寂に包まれた。

「午後の稽古は、いつものように八つからだ。それまでゆっくり休むように。休息はとても大事だぞ。わかったな」

はっ、と門人たちが元気よく声をそろえる。

「師範代――」

驚きの色を顔に貼りつけたまま、直之進の眼前に立つ門人が呼びかけてきた。

「もしや、時の鐘が鳴る瞬間がおわかりだったのですか。それゆえ、それがしに打ちかかってこなかったのですか」

笑って直之進は首を横に振った。

「時の鐘が鳴る瞬間を事前に知ることなど、できようはずがない。竹刀を打ち込まなかったのはな、あのとき腹の虫が鳴いたのが聞こえたのだ。それで、つい足を踏み出す機会を逸した。その直後、たまたま時の鐘が鳴ったに過ぎぬ」

「ああ、さようでしたか。腹の虫が……」

「腹の虫のほうが時の鐘が鳴るのを察したのかもしれぬ。それにしても、腹が空いたな」

直之進は若い門人に笑いかけた。門人が身につけた防具の上から腹をなでさする。

「はい、まことに」

「皆で食堂に行くがよい」

「師範代もいらっしゃいますか」

「うむ、そのつもりだ」

それを聞いて若い門人がうれしそうにする。

「では、食堂で会おう」

直之進は道場の神棚に向かった。

目を閉じ、感謝の意を心で述べる。横に佐之助が来て、こうべを垂れているのが直之進にはわかった。背後ではすべての門人がそろい、直之進たちの動きに合わせて、ゆるりと拝礼した。

神に敬意を表する儀式が終わると、門人たちは一斉に出入口に向かった。

腰に下げた手ぬぐいで汗を拭いた直之進は、竹刀を刀架(とうか)に戻し、師範代専用の納戸(なんど)に入った。

後ろに佐之助が続く。

直之進は佐之助とともに着替えをはじめた。

「それにしても湯瀬、だいぶ門人が増えてきたな」

小袖に腕を通しつつ佐之助がいった。

「ああ、もはや百人では利くまい」

袴を穿いて直之進はうなずいた。

「秀士館ができて間もない頃は学問をおさめようとする者のほうが多かったが、今や我らの剣術道場もまこと盛況といってよかろう」

「佐賀どのの狙い通り、学問と武術の両立ができつつあるようだな」

館長の佐賀大左衛門は、どちらかというと学者肌であったが、武術の肝要なることもよく理解していた。

「その通りだ。だが倉田、ここまで門人が増えてくると、さすがに手が足りぬな」

唇を引き締めて佐之助が顎を引く。

「師範の川藤どのを入れて我ら三人で百人以上の門人を手取り足取り教えるのは、もはや無理かもしれぬ。適当に教えるのであれば、三人でも十分だろうが、それでは佐賀どのの意図に反する。それに我らは三人ともそういうことのできるたちでもない」

「新たな者を師範代に迎え入れるしかないか」

「うむ。しかし、いくらなんでもいきなり師範代は無理ゆえ、それに準ずる者でよかろう。稽古の手助けができる者がおればよいのだ」

「倉田、心当たりがあるような口ぶりに聞こえるぞ」

「うむ、実は一人おる」

「誰だ」

直之進はすぐさまきき返した。

「もしや、先ほどまでおぬしが稽古をつけていた男ではないか」

それを聞いて佐之助が納得の顔になる。

「わかっておったか。うむ、品田十郎左だ。あの男は実に強くなったゆえ、門人を教える側に回ってもよいかと思うてな」

「品田どのは、まさに急成長といってよかろうな。今は目をみはるほどの強さを身につけておる」

「その通りだ。正直、最近は俺も手こずることが増えてきた」

「しかし、本気の倉田を手こずらせることは、まだできまい」

「秀士館でそれができるのは、おぬしだけだ。だが品田も、門人を教えるに足る力を持っておる」

「その通りだな。その点では異存はない。品田どのの性格はどうだ」

直之進は十郎左に稽古をつけたことがほとんどない。

目を落とし、佐之助が思い出すような表情になった。

「顔はいかついが、優しいたちだな。他の門人たちにも慕われておる。俺たちにはききにくいことを、門人たちは品田にいろいろときいておるようだ」

「それはよいことだな。すでに教える側に回っているではないか」

そういうことになるな、と佐之助がいった。

「館長にも、稽古の手助けができる者が必要だと、進言しようと思うておった。湯瀬さえよければ、品田を推挙しようと思うが」

「おう、そうだったのか」

佐之助の手際のよさがうれしくて直之進は深くうなずいた。

「品田どのなら、館長も必ず認めてくださると思うが、その前に倉田、師範の許しを得なければならぬぞ」

うむ、と佐之助が首を縦に振った。

「師範が戻られたら、さっそく話をすることにしよう」

「それがよかろう。師範も、教える側の人間が足りなくなっておることはわかっておられよう。快諾されるのではないかな」

「それはまちがいあるまい」

着替えを済ませ、両刀を腰に差した直之進は佐之助と一緒に納戸を出た。

直之進は、早く昼飯にありつきたくてならない。空腹で、今にもぶっ倒れそうな心持ちなのだ。

秀士館の敷地内にある食堂に行けば、昼餉の用意がされている。

直之進は佐之助と一緒に道場の出入口を目指したが、すぐに、おっ、と声を上げることになった。出入口のところに一人の男が立ち、道場内をのぞきこんでいたからだ。

「あれは宇多吉ではないか」

秀士館の門番をつとめている男である。門番は何人かいるが、その中で一番に歳がいっている。

「あっ、湯瀬さま」

直之進を見つけた宇多吉が、ほっとした顔つきになった。

「なんだ、おぬしを捜しておったらしいな」

佐之助が小さく笑っていった。

「なにか用か」

宇多吉に足早に歩み寄って、直之進はたずねた。

「はい、湯瀬さまに客人がお見えです」

かすかにしわがれた声で、宇多吉が伝えてきた。

「客人だと。はて、どなたかな」

今日は来客の予定はなかった。だが、これで昼餉が遠のいたのはまちがいない。

「房興(ふさおき)さまと名乗られております」

「房興さまだと」

房興といえば、直之進の主君である駿州(すんしゅう)沼里(ぬまざと)城主真興(さねおき)の腹ちがいの弟で、今は江戸で師範の川藤仁埜丞と暮らしている。このところ直之進は顔を見ておらず、会うのは久しぶりだった。

――師範が午前の稽古を休んだのは、房興さまに従うためだったからか。

その仁埜丞は元は御三家尾張徳川家の家中の者で、柳生新陰流の遣い手だったが、尾張家を辞したのち、縁あって房興の股肱の臣となっていた。

軽く咳払いして直之進は宇多吉に問うた。

「師範も房興さまと一緒か」

「はい、ご一緒でございます。それと、乗物も一挺、来ております。その乗物にどなたさまが乗っておられるか、房興さまも川藤さまも明らかになされません」

考えるまでもなく、一人の男の顔が直之進の頭に浮かんできた。脳裏の男は、直之進を見て柔和に笑んでいる。

――しかし、あり得ぬ……。

直之進は心中で首をひねるしかない。房興が露払いのようについている者といえば、一人しか考えられない。

主君の真興その人である。

――しかし、殿がなにゆえ江戸にいらっしゃるのか。

「わかった。すぐにまいろう」

雪駄を素早く履いた直之進は、道場の外に出た。主君の来訪を前に、空腹だなどといっている場合ではなかった。

「湯瀬、一足先に食堂に行っておるぞ」

後ろの佐之助から声がかかった。

その言葉に振り向いた宇多吉が、ああ、と高い声を上げた。

「倉田さまも、いらしてくださいますか。館長がそうおっしゃっておりますので」

「館長がな。うむ、わかった」

宇多吉の案内で、直之進は佐之助とともに、秀士館の講堂に向かった。

二

宏壮（こうそう）な建物の前に、乗物がつけられているのが見えた。

ただの駕籠（かご）ではなく、まちがいなく大名が用いる乗物である。

――つまり、まことに真興さまがいらしたということか。しかし、我があるじはいま沼里にいらっしゃるはずだが……。

真興が参勤交代で江戸に出てくるのは、来春の予定である。

乗物のそばに房興が立っており、その横に仁埜丞が控えている。

直之進と佐之助をいちはやく認め、仁埜丞が会釈してきた。直之進は一礼を返した。

乗物のそばには、数人の侍や中間たちがかしこまっている。

その中の一人に、沼里家の江戸留守居役に抜擢された安芝菱五郎の姿があった。

菱五郎は柔和な笑みを頬に浮かべて、直之進を見ている。

同じ江戸にいるのにずいぶんと久しぶりだ。懐かしさで気持ちがあたたかくなった直之進も、笑顔で頭を下げた。

菱五郎は剣術のほうはさっぱりだが、算術と医術に秀でている。そのために真興にかわいがられ、重用されている。真興の江戸在府中は側近中の側近という立場にあるはずだ。

直之進は、菱五郎の横に姿勢のよい侍が立っているのに気づいた。

端整な顔立ちをしたその若い侍は、直之進に挑むような眼差しを向けてきた。敵意すら感じる目である。

――なにゆえ、あの男は敵愾心のかたまりのような顔をしておるのか。

直之進は瞳をそらさずに若い侍を見返した。

――ふむ、見覚えがあるな。
その若い侍とどこかで会ったことがあるのは、まちがいない。
おそらく沼里でだろう。
だが、真興の近習や小姓に、あの若い侍がいただろうか。
直之進の記憶にはない。
ただし、隙のない身構えからしてかなりの遣い手であるのは紛れもない。
真興が、家中の若侍を新たに小姓や近習として取り立てたのか。
――ふむ、それにしても、いつあの若い侍と会ったのか。
直之進は思い出そうと試みた。だが、すぐに名は出てこなかった。
房興が、笑顔で直之進を見ていることに気づいた。
「お待たせいたしました」
房興の前に足早に進み、直之進は深々と腰を折った。
そんな直之進を見て、房興が破顔する。
「直之進、堅苦しい挨拶は抜きだ。元気そうだな。うれしいぞ」
腰をかがめ気味に直之進は房興を見つめた。
「ありがたいお言葉でございます。房興さまもご壮健そうで、なによりでございます」

「今のところは風邪も引かず、健やかに過ごしておる」

「それは重畳」

直之進は乗物に目を投げた。乗物はすでに講堂の玄関内に入っている。

直之進は再び房興に眼差しを向けた。房興はなにもいわず、ただほほえんでいるだけだ。

――自分で確かめろということか。

房興に頭を下げてから、直之進は乗物に足早に近づいた。

直之進がそばに来たのを覚ったかのように、かすかな音を立てて引戸が開いた。

顔をのぞかせたのは、案の定、真興である。

頭巾を深くかぶって顔を隠しているものの、直之進にはそれが主君であると、即座にわかった。

敬愛してやまない主君である。面がはっきりせずとも、見まちがえるはずがない。

「殿、お久しゅうございます。なにゆえ……」

それ以上、直之進から声は出ない。まさか今日、会うことができるとは夢にも思わなかった。

胸が一杯になった。

「直之進、久しいな。会いたかったぞ」

真興に優しい言葉をかけられ、弾かれたように直之進は乗物の前に膝をついた。

「それがしも殿にお目にかかれて、感無量にございます」

「感無量か。いかにも直之進らしいな。実はな、直之進——」

言葉を止め、真興が手招きした。直之進は少し前に出て、真興に顔を寄せた。

「内々の御用があって、江戸にまいったのだ」

「内々の御用でございますか」

わずかに顔を上げて、直之進も小声でたずねた。

すでに玄関には、秀士館の館長である佐賀大左衛門も姿を見せている。

「余は、つい三日前に江戸に出てきたばかりよ」

「三日前に。それはまた急でございますね」

「陸路ではなく、久しぶりに船に乗ってまいった」

「海路を来られたのでございますか」

「ちょうど澄田屋の便船が江戸に向かうというので、便乗させてもらったのだ」

澄田屋とは、沼里に本店を置く廻船問屋である。

「それはようございました。船旅はいかがでございましたか」

「うむ、海は荒れもせず、なかなか心地よかった」

「それは、なによりでございました」

「真興さま――」

笑みを浮かべて大左衛門がいざなう。

「ここでは落ち着いてお話しできますまい。まずは中に入られては――」

「ああ、そうさせていただこう」

すぐさま真興が答え、素早く式台の上に立つ。

直之進の目に真興は少しだけ太ったように見えた。

だが、それは太守らしい貫禄が出てきたためではないか。

「倉田どのも一緒に来てくだされ」

大左衛門が直之進の背後に立つ佐之助に向かっていった。承知した、と佐之助がうなずく。

講堂内に上がった直之進たちは薄暗い廊下を進み、鶴と大山の絵が襖に描かれた座敷に入った。

この鶴の絵はあまり達者とはいえないが、大左衛門が描いたものである。

真興に従う二人の供侍は、隣の控えの間で待つように命じられた。

安芝菱五郎と、もう一人は先ほど直之進を鬼のような目でにらみつけていた若侍である。

鶴の間に座を占めたのは真興、房興、大左衛門、仁埜丞、直之進、佐之助の六人である。

頭巾を脱ぎ、真興がそれを膝の横に置いた。

目の前に真興の顔があらわれ、直之進は胸が熱くなった。

思いもかけず、こうして対面できたことが、いまだに信じられずにいる。

「殿は、館長とお知り合いでしたか」

胸の高ぶりを抑え込んで直之進は、正面に座る真興にきいた。

うむ、と真興がうなずいた。

「佐賀どののことは、以前からよく存じておる。余が部屋住として遊び回っていた頃からの付き合いだ」

その通りだ、というように大左衛門が顎を引いた。

真興は、まだ又太郎と名乗っていた数年前、江戸の上屋敷を単身で抜け出しては遊興に励んでいた。

真興のどこか大名らしくない飄々とした人柄は、部屋住だった頃に盛んに遊んだこととも無関係ではないはずである。

「さようでございましたか」

真興の言葉を聞いて直之進は納得がいった。

「佐賀どのと余が知り合いだったこと、直之進は知らなんだか」

「迂闊にも今まで……」

「まあ、気にするほどのことではあるまい」

真興が一笑に付した。

はっ、と直之進は答え、畳に両手をそろえた。

「殿、三日前に江戸にいらっしゃったとのことでございますが」

「うむ。実はな——」

わずかに身を乗り出し、真興が話し出そうとする。

「しばしお待ちあれ」

直之進の横に座す佐之助が軽く手を上げ、真興を見つめた。

「その内々とやらの御用、それがしもうかがってよろしいのか」

「別にかまわぬ」

佐之助を見て、真興が微笑する。

「倉田に聞かれても、困るようなことではないゆえ」

軽く息をついた佐之助がわずかに下がり、背筋を伸ばした。

それでよいといいたげに、真興が深々とうなずいてみせた。

そのとき、失礼いたします、と鶴の襖の向こう側から声がかかった。

「おっ、茶がきたようですな」

大左衛門がうれしそうにいい、入りなさい、と穏やかな声を襖に向けて放った。

はっ、と応（いら）えがあり、襖がするすると横に動く。六つの湯飲みがのせられた盆を捧げ持ち、一人の若者が入ってきた。

秀士館の門人ではなく、大左衛門本人に仕えている男である。

若者は真興らの前に手際よく茶托（ちゃたく）を置き、その上に蓋（ふた）のついた湯飲みをのせていく。皆の前に茶を配り終えると、失礼いたします、と丁寧に一礼してから廊下に出て、そっと襖を閉めた。

「ささ、どうぞ、お召し上がりくだされ」

座敷に向き直った大左衛門が、真興に茶を勧める。

「では、いただこう」

手を伸ばした真興が蓋を取り、湯飲みを手元に持っていく。房興に仁埜丞、直之進、佐之助も茶を喫した。

「ああ、うまいなあ」

しみじみといって、真興が湯飲みを茶托に戻した。喉が潤ったか、ほっと息をついてから語り出す。

「もっとも、別に秘密にするようなことではないのだ。すぐに公になることゆえな。実はな、余は奏者番就任のご内示をお受けするため、ご老中に呼び出されたのだ」

「えっ、奏者番でございますか」

大名、旗本が年始や五節句などに将軍に謁見する際、姓名の言上、進物の披露、将軍からの下賜品の伝達などを負う役目である。ほかにも、御三家や大名への上使をつとめることもある。

「直之進、余が奏者番になること、喜んでくれるか」

頬を少し赤くして真興がきいてきた。

「もちろんでございます。殿、おめでとうございまする」

声を大にして直之進は答えた。

「殿の若さで奏者番になられるというのは、まことに名誉なことだと存じます」

喉を湿すように真興が茶を静かに飲む。

「奏者番は三十人近くもおる。余は、そのうちの一人になったに過ぎぬのだが」

「それでも、素晴らしいことに変わりはありませぬ。快挙でありましょう」

「快挙か。実に響きのよい言葉ではないか。直之進がこうして喜んでくれる。余はうれしいぞ」

満面に笑みを浮かべた真興の言葉に、直之進のこうべは自然に下がった。

「だがな、直之進――」

笑みを消して真興が語りかけてきた。直之進は顔を上げた。

「余がそなたに会いに来たのは、奏者番就任を伝えるためではない」

意外な言葉を聞いた、と直之進は思った。だが、考えるまでもなく、それは当たり前のことだった。

奏者番に就任することを真興が直々に伝えるために、直之進のもとにわざわざ足を運ぶとは思えない。

「では、どのようなことでございましょう」

直之進は、真興を控えめに凝視した。

「つい昨日のことだ。余は千代田城において、上さまにお目にかかった」

口を挟むことなく、直之進は黙って真興が続けるのを待った。

横の佐之助も、真顔でじっと耳を傾ける風情だ。房興と仁埜丞、大左衛門も無言で真興を見つめている。

ふっ、と真興が軽く息を入れた。

「その場で上さまは――」

ゆっくりと一同を見回し、真興が語を継ぐ。

「寛永寺にて剣術試合を行うと申された」

一瞬の静寂ののち、その場にどよめきが奔った。

「御前試合でございますか」

思わず直之進はつぶやいた。

「そうだ。上さまの御上覧試合だ」

真興が語りはじめる。

「この日の本の国を北九州、南九州、四国、山陽、山陰、畿内、東海、信越、北国、江戸、関東、陸奥の十二に分け、予選を行う。陸奥には出羽や蝦夷国も含まれておる。それぞれ各地の予選を制した代表十二人に将軍家剣術指南役を加え、上野寛永寺にて御上覧試合を行うというのだ」

「将軍家剣術指南役まで……」

聞いただけで直之進の心は騒いだ。横の佐之助も顔を上気させている。斜向かいに座す仁埜丞も、ごくりと唾を飲んだ。

「各地の代表十二人を選ぶ試合は、どういう形を取るのでしょう」

高ぶりを抑えきれないまま、直之進は真興に問いを発した。

「では、沼里がある東海を例に取って話そうか」

湯飲みを手に取り、真興が茶を一口飲んだ。湯飲みを茶托に戻す。

「東海に所領を持つ大名家から一人ずつ、家中随一の遣い手を出すことになっておる。その勝ち抜き戦の勝者が、東海の代表として寛永寺に赴くのだ」

なるほど、と直之進は思った。

「もっとも、江戸だけは大名ではなく、その地で暮らす旗本衆の参加ということになる。もちろん、参加を見合わせようとする大名、旗本もおるであろうから、必ず参加するよう無理強いされることはない」

そういう仕組みか、と直之進は心でうなずいた。

「それぞれの地方の大会は、どこで行われるのですか」

さらに直之進はたずねた。真興が首をひねった。

「余もそこまでは知らぬ。だが東海大会は、我が沼里で開催することだけは聞いておるぞ」

直之進をまっすぐに見て、真興が朗々たる声音で告げた。

「えっ、沼里で行われるのでございますか」

直之進は目を大きく見開いた。

なにしろ、東海といえば、尾張徳川家がある。そのお膝元、名古屋で予選が行われるのではないのか。

尾張徳川家の本拠である名古屋は柳生新陰流の本流といってよい。

尾張一の遣い手といわれた仁埜丞は左腕が利かなくなっているが、今も腕前はさすがとしかいいようがなく、かつて直之進は剣術の師匠になってもらったことがあるほどだ。

――東海の代表になるためには、師範の旧主家の遣い手を倒さねばならぬということだ。

直之進は、自然に眉根が寄ったのがわかった。

「大会が開催されるのは、尾張徳川家の本城である名古屋城ではないのでございますか」

改めて直之進はきいた。真興が、そうだ、ときっぱり答える。

「余にも、なにゆえ沼里なのか解せぬところはあるが、東海の首府というべき名古屋を差し置く形になっておるのは、紛れもない事実だ。上さまより直々に、沼里で行うよう仰せつかったのだ」

「上さま御自ら……」

「なにゆえ上さまが、沼里で行うようにお命じになられたか。その理由は、はっきりしておりましょう」

確信のある口調で大左衛門がいった。

「それだけ真興さまに対する、将軍家の覚えがめでたいという証でござろう。奏者番御就任の祝儀の意味もござろうな。――それから、あと一つ。元家臣の川藤どのを前に、口にするのはいささか憚られるが、将軍家と尾張徳川家の間柄も関係しておりましょう」

それを聞いて仁埜丞が苦笑を漏らす。

「正直なところ、それがしの元主家は、将軍家に嫌われておりますので」

笑みを消して真顔になった仁埜丞が、すぐに続ける。

「これはそれがしの当て推量でござるが、将軍家は、尾張徳川家を東海の代表にはしたくないのでしょうな」

そのやりとりを耳にしつつ、直之進は顔をしかめた。

――これは容易ならぬことだぞ。

尾張徳川家を東海代表にさせまいとする将軍の意図を、尾張家は察しているだろう。それを承知の上で、尾張は最高の遣い手を沼里に送り込んでくるのである。

尾張家最高の遣い手は是が非でも東海代表を勝ち取り、寛永寺で行われる本戦に駒を進める決意をしているにちがいない。

もともと天下に名高い尾張柳生の強者(つわもの)が、底知れぬ覚悟を決めてやってくるのだ。

手がつけられないほどの強さを見せるのではあるまいか。

そういうことならば、と直之進は思った。沼里家中からどれほどの遣い手を出すにせよ、厳しい戦いを強いられるのは想像にかたくない。

黙り込んだ直之進を気にするように佐之助がちらりと見た。それから真興に顔を向ける。

「その後、寛永寺における本戦は、どういう形を取るのでござろうや」

わずかに膝を進ませて、佐之助が真興にたずねた。

佐之助に穏やかな眼差しを当てて、真興が顎を引く。

「全国から選ばれて寛永寺に集う十二人の精鋭は六つの山に分かれ、勝ち抜き戦を行う。見事に初戦、さらに二戦目を勝ち抜いた三人と将軍家剣術指南役とが二つの山に分かれ、さらに勝ち抜き戦を行うのだ」

将軍家指南役といえば、柳生家である。柳生新陰流は天下流として全国各地の大名家に師範を送り込み、大勢の門人を育んでいる。

ただし、実際に実力で江戸の柳生家を上回っているのは、尾張の柳生家ではないかといわれている。

沼里の代表は、その尾張柳生一の遣い手を打ち破らなければならないのだ。

——これはまた、難儀この上ない道が待っておるな。

尾張柳生を破るためには、沼里の代表は日本一になるだけの実力を備えていなければならないのである。

——それだけの腕を持つ者が、七万五千石に過ぎぬ我が主家に果たしているだろうか。

直之進は心中でかぶりを振った。

——おるとは思えぬ。

「二連勝した三人と将軍家指南役を加えた四人で勝ち抜き戦を行うということは、その後また二勝すれば、優勝ということでございますね」

声を励まして直之進は真興に確かめた。

「そういうことだな。見事に二連勝した者が、名実ともに日の本一の遣い手という栄誉を得ることになるのだ」

日の本一か、と直之進は思った。なんと晴れがましい響きだろう。

なにしろ、江戸の旗本の家臣たちまで含めた戦いなのだ。前代未聞の壮大な試みとしかいいようがない。

そんな大会が将軍の肝煎り(きもいり)で開催されるのだ。直之進の心が俄(にわ)かに浮き立った。

江戸で暮らす旗本は、八万騎といわれている。その家臣たちの中には信じられないような腕前の者がいるに相違ない。

そういう者たちが、柳生新陰流なにするものぞ、との気概を露わに、大会へ名乗りを上げることだろう。

「旗本衆も参加できるとなると、江戸での代表選考会は相当の人数になりましょう」

顔を上げて直之進は真興にいった。

「そういうことになろう。江戸での大会は、まず江戸をいくつかの地に分けて予選を行うらしい。それから、予選を勝ち抜いた者による本戦に移り、旗本家最強の者を選ぶとの話を聞いておる。旗本衆のいずれが勝つか、余にはまったく見当がつかぬが、剣術の本場である江戸での大会は、激戦必至であろうよ」

それを聞いて大左衛門が目を輝かせる。

「江戸の旗本衆が参加するのであれば、寛永寺で行われる御上覧試合は、今この国で最強の剣士を決める大会ということになるわけですな」

「まさしくそういうことになるであろう」

慊焉とせぬ面持ちで真興が首肯する。

「大会で用いられる得物はなにになりますか」

そのことが気になり、さらに直之進はたずねた。

――まさか木刀ということはないだろうな。

三代将軍家光の頃に行われたという寛永御前試合では木刀が用いられ、死者が出たという話を聞いたことがある。

「竹刀とのことだ」

直之進を安心させるように、真興がすぐさま答える。

「今の時代は、さすがに木刀というわけにはいかぬのであろう。木刀で試合を行えば、必ずや死者が出る。上さまとしても、そこまでやらせようという御気持ちはないようだな」

それを聞いて直之進は安堵した。いくら最強剣士を決める大会とはいえ、やはり死者が出るのは避けたいという思いがあった。

少し息をついて真興が脇息にもたれた。

お疲れになっているようだな、と直之進は主君の身を案じた。

無理もあるまい。三日前に沼里から出てきて、その翌々日には千代田城で将軍や老中と会ったのである。疲労が残らないはずがない。

つと真興が脇息から体を離した。それを見て直之進は問いを発した。

「竹刀以外の得物は使えぬのでございますか」

「こたびの御上覧試合は、竹刀のみということだ。槍(やり)や薙刀(なぎなた)、鎖鎌(くさりがま)などは使えぬ。日の本一の剣士を選ぶのだから、それは当然のことではないか」

殿のおっしゃる通りだな、と直之進は思った。

「実はな、直之進」

茶をまた喫して真興が直之進に目を据える。

「地方における予選は、もうはじまっておるのだ」

「えっ、さようでございますか」

さすがに直之進は驚いた。佐之助や仁埜丞も、目をみはっている。

事情通の大左衛門もこのことまでは知らなかったようで、驚きを隠せずにいる。房興も、関心ありげな表情になっている。

直之進たちを見回すようにして、真興が言葉を続ける。

「北九州や南九州、四国、山陽、山陰、出羽と蝦夷を含めた陸奥などの遠国(おんごく)では、すでに代表を決めるための戦いがはじまっておるのだ。一刻も早く代表を決めぬことには、遠国の代表は、寛永寺で行われる本戦に間に合わなくなる恐れがあるからな」

真興の言葉を聞いて、直之進は黙考した。もし南九州の代表に島津家の示現流の者がなったとして、薩摩から江戸に赴くのに、どんなに急いでも、一ヶ月近くは優にかかるのではないか。

であるならば、遠国において、すでに予選が開始されていても不思議ではない。

「東海大会は、いつからはじまるのでございますか」

最も気にかかっていることを直之進は真興にたずねた。

「二十日後だ」

間髪容れずに真興が答える。

「東海と一口にいっても、けっこう広い。国でいえば駿河、遠江、三河、尾張、伊勢、志摩、美濃といったところか。最も遠い志摩国から沼里まで、どんなに急いでも七日はかかろうな」

真興が唇を湿し、直之進を見つめた。

「直之進――」

口調を改めて呼びかけてきた。

「よいか、これまでの話はすべて前置きに過ぎぬ。本題はここからだ」

「はっ」

身が引き締まるのを感じ、直之進はかしこまった。

真興のいう本題とは、なんなのか。

なんとなくだが、すでに見当はついている。しかし、直之進は真興の次の言葉を、身じろぎせずに待った。

喉仏（のどぼとけ）を上下させて真興が口を開く。

「ついては、我が沼里の代表として、余はそなたを東海代表の決定戦に推挙しようと思うておる」

やはりそうか、と直之進は思った。将軍のお声がかりで行われる、前代未聞の大がかりな大会である。

これまでこれほどの規模の大会は開かれたことはない。

――出てみたい。

直之進は心の底からそう思った。だが、その思いとは裏腹に、真興の推挙を受けるべきか迷いも生じていた。

真興の眼差しから逃れるようにうつむき、直之進は黙り込んだ。

「湯瀬、どうしたというのだ」

直之進の面をのぞき込み、佐之助が鋭い声を投げてきた。

「おぬし、まさか、辞退するのではあるまいな」

眉根を寄せ、直之進は佐之助に顔を向けた。

「いや、そこまでは、まだ考えておらぬ……」

直之進は言葉を呑んだ。

「湯瀬どの、なにゆえ迷うておる」

いかにも不思議そうに、大左衛門がきいてきた。

眼前に端座している真興は、そなたの気持ちはわかっておるぞ、というような目をしている。

顔を上げた直之進は、真興を見返した。話すがよい、というように真興がうなずく。

腹に息を入れてから、直之進は胸の内を語りはじめた。

「それがしは、今も殿より三十石という禄をいただいております。そうである以上、それがしが今も沼里家の家臣であるのは、まちがいないところでございましょう」

言葉を切り、直之進は息を入れた。

「しかしながら、殿のお許しを得て、それがしは江戸で自由気ままな暮らしを送っております。ここ数年のあいだ、沼里家のためになんの働きもしておらず、殿に身を捧げて奉公しているとは、とてもいえませぬ。そんな男が、殿に忠誠を誓っている家中の他の者を差し置いて、東海大会に出るわけにはまいりませぬ」

「やはりそうか」

納得したような声を真興が発した。

「確かに、そなたの性格では、そう思うのも無理はない」

断じるように真興がいった。直之進は真興を見つめた。

「殿が、出よ、とお命じになられても、はい承知いたしました、と二つ返事でお受けするわけにはまいりませぬ」

「しかし湯瀬――」

横から佐之助が苛立ったように呼びかけてきた。

「将軍家お声がかりの大会に出られるなど、これ以上の名誉はないぞ。受けぬほうがどうかしておる」

「確かに名誉にはちがいあるまいが……」

「湯瀬、おぬしまさか、東海大会を勝ち抜く自信がないのか」

「倉田、誰が出ようとも、東海大会を勝ち抜くのは至難であろう」

「湯瀬、おぬしなら勝てる」

膝を進めて仁埜丞がいい切った。

「師範……」

仁埜丞を凝視し、直之進はつぶやくようにいった。

湯瀬、と再び仁埜丞が呼びかけてきた。

「今のおぬしなら、尾張柳生の最高の遣い手を相手にしても、後れを取ることはまずあるまい」

仁埜丞が断固たる口調で告げた。

「まことですか」

仁埜丞に確かめてみたものの、直之進はさすがに半信半疑にならざるを得ない。

にこりとして仁埜丞が直之進を見る。

「湯瀬、わしが嘘をついたことがあるかな」

「いえ、ありませぬ」

即座に直之進は首を横に振った。

「ならば、直之進」

後押しするように房興がいう。

「仁埜丞を信ずるのがよいのではないか」

房興さまのおっしゃる通りだな、と直之進は思った。

——俺は、もっとおのれに自信を持たなければならぬようだ。

「湯瀬——」

沈黙を破るように、またも佐之助が呼びかけてきた。

「そもそも沼里に、おぬしよりも強い者がおると思うか。どうだ、心当たりはあるまい」

「心当たりはないが、おるのではないか」

「おるという確信でもあるのか」

斬り込むように佐之助がきく。

「いや、あるわけではない」

直之進は力なくかぶりを振った。

「だが、俺より強い者などこの世にごろごろしておろう。そうである以上、沼里家中に腕が上の者がいても、なんら不思議はない」

佐之助が膝をつかって直之進の前に回り込んできた。

「師範もおっしゃったが、今のおぬしはとんでもなく強くなっておる。おぬしより強い者がこの世にごろごろしていることなど、決してない」

強くいって佐之助が、がしっ、と直之進の両肩を痛いほどにつかんだ。

「湯瀬、受けろ。受けるのだ」

直之進は、佐之助に激しく体を揺さぶられた。なんと答えればよいものか、直之進は窮した。

「きさまが受けぬのなら、俺が代わって出てもよいのだぞ」

少し驚いて直之進は佐之助を見返した。

「だが倉田、おぬしは沼里の家中ではないぞ」

「そのくらい、どうとでもなろう。こたびの御上覧試合に向けて腕の立つ助っ人を招聘（しょうへい）し、家中の者と偽って出場させる大名家などいくらでもおるだろう」

確信のこもった口調で佐之助がいった。十分にあり得ることだな、と直之進は思った。

——しかし他の大名ならともかく、我があるじはそのような真似など決してなさるお方ではない。

「倉田、余はそんな卑怯(ひきょう)な真似はせぬぞ」

にこやかに笑いつつ、真興が直之進の気持ちを代弁するようにいった。

直之進から両手を離した佐之助が振り返り、真興を見つめる。

「確かに、その通りでござろう。真興さまは、手段を選ばず、ということはなされぬお方だ」

納得したようにいったものの、佐之助は元の位置に戻ろうとしない。肩をつかみこそしないが、なおも直之進をにらみつけてきた。

「とにかく湯瀬、ご推挙を受けろ。受けるのだ。わかったか」

直之進は答えなかった。佐之助が苦々しげに口元をゆがめる。

「相変わらず強情な男よ。だがな湯瀬、沼里家からはきさまが出るしかないのだぞ」

結論づけるようにいって、佐之助が元の位置に戻った。

かすかなうなずきを見せてから、真興が口を開く。

「正直なところ、直之進の右に出る者などおらぬと余は確信しておる。ただし、腕に覚えのある者は沼里にもおってな。我こそが沼里一と豪語し、直之進が代表となることを認めようとせぬ」

そういう者がおるのか、と直之進は思った。むしろ、そのことに頼もしさを覚えた。

——先ほど、挑むような眼差しを向けてきた若侍ではないか。

まちがいあるまい、と直之進は確信した。

「その者が、是非とも直之進と手合わせしたいと余に申し出てきておる」

「それはどなたでしょう」

一応、直之進は真興にただした。

直之進を見て、ふふ、と真興が穏やかに笑った。

「直之進、もうわかっておる顔だな」

「はっ、なんとなくでございますが」

「やはりそうか。——直之進、そなたと対戦を望んでおる者を呼ぶ前に一つよいか」

諭すような口調で真興が語りかけてくる。

「これまでそなたに扶持を与えてきたのは、いつか必ずそなたの力を必要とするときが来ると思うておったからだ。こたびの御上覧試合こそ、まさにそのときよ」

　是非ともその御恩に報いたいものだが、と直之進は思った。

「しかしながら、慎み深く遠慮深いそなたのことだ。こたびの推挙を拒むのではないかと余は思うておった」

　真興という主君はそういう男である。常に先回りして考えることができるのだ。だからこそ、命を捧げてもよいと直之進は思っているのである。

　直之進、と真興が柔らかく呼びかけてきた。

「今はとにかく、その者と手合わせするのがよかろう。それでそなたが敗れれば、その者が沼里の代表となる。そなたが勝てば、そなたが代表だ。それで異存のある者は、家中にはおらぬ」

　真興がいい切った。それだけあの若い侍の腕は、沼里家中でも認められているということなのだろう。

「つまりあの若者は、今の沼里家中において、最高の遣い手ということになるのですな」

　真摯な口調で大左衛門が真興に確かめた。

「佐賀どのもすでに誰が直之進と対戦を望んでおるか、おわかりであったか。さよう、本人は湯瀬直之進に必ず勝ってみせると高言しておる」

あの若侍は、と直之進は思った。そんなことをいっておるのか。

——所詮、大口だけの男ではないのか。

直之進は、これまでそんな男を飽きるほど見てきている。

直之進、と真興に呼ばれた。

「そなたとやり合いたいと申しておるのは、酒川唯兵衛という。唯兵衛は雲相流の免許皆伝でな、東海大会に出たいというて、余の言葉をきこうとせぬ」

顎に手を触れて真興が苦笑する。

「酒川どのの歳はいくつでございますか」

直之進は真興に確かめた。

「二十二だ」

まだ若い。自分とは十歳もちがうのだ。

雲相流の酒川唯兵衛か、と直之進は嚙み締めるように思った。脳裏におさめられた記憶が、徐々によみがえってくる。

——そういえば、あれは三年ほど前のことだったか。

真興が初めて沼里にお国入りした際、領内で遠駆けをした。そのとき真興は落馬事故を起こして昏睡に陥り、もはや再起ができぬのではないかと危ぶまれた。

その時、酒川唯兵衛は、房興を主君の座に祭り上げようとした一派ではなかっただろうか。真興のご落胤といわれた厚吉という幼子を捜そうと、直之進と争奪戦を演じたのだ。

――そうだ、まちがいない。思い出した。俺はこの酒川と江戸でやり合ったことがある。房興派の若侍三人を打ち倒したときだ。酒川は三人の中でも抜きん出た腕前だったが、実戦経験の乏しい未熟な若者に過ぎなかった。それが沼里一の遣い手だというのであれば、あれから三年余、血のにじむような努力をしたにちがいない。

確信を得た直之進は心中で深くうなずいた。

――しかし、なにゆえそのような男を、殿はそばに置かれているのか。しかも、まるで血のつながりがある者のごとく、親しんでおられるではないか。

直之進の疑問を感じ取ったのか、真興がすぐさま説明をはじめた。

「酒川唯兵衛は、落馬した余が床に臥したまま目を覚まさずにいたとき、この房興を擁立しようとした男であるのは、否定のしようがない」

その真興の言葉を聞き、房興がいたたまれないような表情になった。膝に置いた両手をぎゅっと握り締める。

それを目にした真興が、房興よ、と優しく呼びかけた。

「そのような顔をせずともよい。余は、別にそなたを責めているわけではないのだ。今はただ事実を述べておるに過ぎぬ。わかるな」

「はっ」

握り締めた拳が、少しだけ緩んだように見えた。

「なんといってもそなたは、余の大事な弟だ。そなたが悲しい顔をすると、余も悲しくなってしまう」

「ありがたきお言葉にございます」

すっと両肩から力が抜け、房興が感激の面持ちになった。頰のあたりに、かすかに笑みが浮かんでいる。

「それでよい」

真興が房興に満足そうにうなずき、それから直之進に目を転じてきた。

「房興にしろ、酒川唯兵衛にしろ、別に謀反を企んだわけではない。余の命を狙ったわけでもない。罪を犯してはおらぬのだ。ゆえに、端から余が唯兵衛を処罰する必要もないのだ。余のそばに仕えさせたのは、唯兵衛が実に気持ちのよい男で気が利くからだ。その上、剣の修行に励んでおった。この三年余りで腕を上げてな。今では雲相流の道場で右に出る者はおらぬ。まさに用心棒にうってつけよ」

真興が直之進に笑いかけてきた。主君の度量の大きさに、直之進は感銘を受けた。自然に頭が下がる。

真興がにこやかに続ける。

「我が家（いえ）は、たった七万五千石に過ぎぬ。決して大きいとはいえぬ家中で、仲たがいしてもつまらぬ。家中が同じ方角を見、一致団結することが最も大事なことだろう。さすれば、どんな危難が降りかかろうと、我が家の屋台骨は決して揺らがぬ。余は、これからも、家中の者を一番大切にしていく所存である」

決意を表情ににじませ、真興が力強い口調でいった。

「それはこの上ない御決意と存じます」

打たれたように房興がいって、こうべを垂れる。

真興の言葉を聞いて直之進は、この主君に仕えることができて本当によかった、と心から思った。

「さて、唯兵衛を呼ぶとするか」

つぶやくようにいった真興が手をぱんぱんと打つ。

「唯兵衛、入ってまいれ」

隣の控えの間から、はっ、と満を持したような応えがあり、襖が音もなく開いた。

敷居際で両手をそろえた若侍が一礼し、鶴の間に入ってきた。

やはり、先ほど仇を見るような目で直之進を凝視していた若侍である。

「そこへ座るがよい」

真興の命で、唯兵衛が直之進の斜め前に座した。畳に手をつき、直之進をまたも射るような目でじっと見る。

「唯兵衛、構わぬ。直之進にじかに手合わせを願え」

はっ、と真興に答えた唯兵衛が、さらに厳しい光をたたえた瞳で直之進を見る。胆力に欠ける者なら、それだけで怖気づきそうな目の力をしている。

——どうやら、口先だけの男ではなさそうだな。剣術の修行を積んだ裏づけがあるのだろう。

唯兵衛を見つめ返して、直之進はそんなことを思った。

「湯瀬どの、是非ともお手合わせをお願いいたします」

気力を奮い起こしている様子で、唯兵衛は眦を裂いている。

直之進はすぐには返事をせず、唯兵衛をなおもじっと見つめた。

——この若侍に、東海大会を勝ち抜けるだけの腕があるのか。

座している今も並々ならぬ気合が伝わってくるが、果たして尾張柳生の遣い手に勝てるのか。三年前のような腕前では、まったく歯がたたないであろう。

無理なのではないか、という思いが直之進の脳裏をかすめた。若さゆえか、剣士としての重みにまだ欠けるというべきか。

尾張柳生の遣い手に対し、善戦はするかもしれないが、勝つまでには至らぬのではないか。

やはり場数が足りないような気がするのだ。

命を賭しての戦いの経験がろくにないゆえ、重みが感じられないのではないか。

とにかく、と直之進は思った。

——今は立ち合ってみるしかあるまい。

竹刀をまじえることで、唯兵衛の腕を完全に把握しなければならない。

――この俺を負かすような腕なら、尾張柳生の遣い手に対しても、あるいは勝てるやもしれぬ。

「うむ、よろしいでしょう」

腹に力を込め、直之進は唯兵衛に向かって点頭してみせた。

「おお、さようでございますか、受けてくださいますか」

花が咲いたように破顔し、唯兵衛が明るい声でいった。竹刀を手に立ち合いさえすれば、直之進に確実に勝てると思っているにちがいない。

これで沼里代表は自分のものだ、との思いが、表情にくっきりとあらわれている。

それだけおのれの腕に自信があるとの証で、その意気やよし、と直之進は思ったが、二度と大口を叩けぬようにしてやるという気持ちも同時に胸中に湧いてきた。

――とにかく、正々堂々と戦ってみればよい。それですべて済む。

「では佐賀どの、道場をお貸りしたい」

真興の言葉に大左衛門がうなずく。それを見た真興が、すっくと立ち上がった。

直之進をはじめ、その場にいる者が真興にならう。

講堂から道場に向かいつつ、直之進は空腹を改めて感じた。

——この分では、今日は昼餉にありつけそうにないな。

それも仕方あるまい、と直之進は思った。

——生きておれば、こういう日もある。

そういえば、と直之進は医者の雄哲(ゆうてつ)の言葉を思い出した。

空腹が募(つの)れば募るほど、人というのは健やかになっていくものだと、あの名医はいっていた。

——つまり、今の俺はどんどん健やかになっているということか。

歩を進めつつそんなことを思うことで、直之進は空腹であるのを忘れようとした。

三

直之進たちは門人たちが出払ってがらんとした道場に入った。

佐之助が唯兵衛に、こっちだ、といって門人用の更衣室に連れていく。

それを見送った直之進は師範代用の納戸に入って道着に着替え、壁際に置いてある防具を着けた。

日ごろの稽古で防具を着用することはない。

もっと重く感じるかと思ったが、そうでもなかった。これなら、自在に動けるだろう。

防具に身をかためたおかげか、これから戦いに臨むための気構えはさらに強固なものになった。

しかし、またも空腹が募ってきた。

——今から戦いに臨むのだ。腹が減っているくらいがちょうどよかろう。そのほうが動きも俊敏になるのではないか。

——よし、行くか。

心中でうなずいた直之進は面を手に持ち、納戸の板戸を横に引いた。

すでに唯兵衛は道場に出てきている。防具を身につけ、面も装着している。一本の竹刀を手にしていた。

宮本武蔵が創始した二天一流（にてんいちりゅう）の流れを汲むといわれる雲相流の遣い手ならば、二刀で挑んでくるのかと思ったが、そうではないようだ。

唯兵衛がいったいどのような剣を遣ってくるのか、あれからどれほど成長したのか、直之進は俄然、興味が湧いてきた。

道場の隅に座り、面をかぶる。小手や胴の防具だけでなく、面をつけるのも久しぶりである。

面は少し汗臭かった。おかげでというべきなのか、空腹感が急に遠のいた。

面を装着して、すっくと立ち上がった直之進は、深く息を吸い込んだ。体内に気合が満ちていく。

刀架の竹刀を手に取り、直之進は唯兵衛の前に足早に進んだ。

道場内を見渡せるようにしつらえられた上座の畳敷きの間に、真興を中心にして房興、大左衛門が左右に居並び、佐之助は一段下の板敷に座している。四人とも真剣な目で、直之進と唯兵衛を見守っていた。

「よし、わしが審判をつとめよう」

宣するようにいって、直之進と唯兵衛のあいだに仁埜丞が立った。

「よろしくお願いいたします」

仁埜丞に向かって直之進は頭を下げた。唯兵衛もこうべを垂れる。

顔を上げた直之進は唯兵衛に会釈をし、蹲踞した。少し遅れて、唯兵衛も同じ姿勢を取る。

直之進はゆっくりと立ち上がると、竹刀を正眼に構えた。

正面に立った唯兵衛は下段に構えを取った。

——ほう。

表情にあらわすことなく、直之進は瞠目した。まさか唯兵衛が下段に構えるとは、夢にも思わなかった。

雲相流の遣い手が、下段からいったいどんな攻撃を仕掛けてくるのか。

——いきなり雲相流の秘剣でも使ってくるつもりか。そうかもしれぬ。

すでに直之進は、唯兵衛の剣技を見極めてやろうという気持ちになっている。

「はじめっ」

右手を振り下ろした仁埜丞の声が、道場内にこだまする。

どうりゃあ。裂帛の気合を発し、唯兵衛が音もなく床板を蹴った。

その足さばきは、まるで能舞台を進むかのような滑らかさである。

——これはすごい。

直之進自身、唯兵衛との勝負がはじまったことを忘れかけたほどだ。

二間ほどあった間合が、一瞬で半間にまで縮まる。

まさか唯兵衛がここまで、一気に突っ込んでくるとは直之進は思っていなかった。

いくら竹刀とはいえ、相手の間合に入り込むのはかなりの勇気を要する。いうだけのことはあり、唯兵衛は腹が据わっているのだろう。

――口先だけの男ではないようだな。おのれを奮い立たせるために、あえて大口を叩いているのか。

しゃがみ込むかのように姿勢を低くした唯兵衛の左肘が、微風(そよかぜ)に吹かれる柳の葉のように震えたのが、直之進の目に映り込んだ。

下段から刀が一気に振り上げられる。

鋭い振りの上、直之進の死角から入ってくる感じで、見えにくいことこの上ない斬撃である。

だが直之進は後ろに二歩、下がることで、唯兵衛の竹刀をかわした。

しかし、かわしたはずの斬撃が直之進の竹刀にがつ、と当たった。思った以上の竹刀の伸びに、直之進は少し驚いた。

――ほう、これはまた素晴らしい斬撃ではないか。

刀尖の伸びだけを見れば、佐之助に劣らないかもしれない。

いや、と直之進は胸中で首を横に振った。

——さすがに、まだ倉田の域にまでは達しておらぬ。倉田が本気を出せば、こんなものでは済まぬ。

もし今の間合で佐之助が下段から竹刀を振ってきたら、直之進は思い切って後ろに飛び退かなければ、衝撃をかわすことはできなかっただろう。

ただ二歩下がっただけでは、体が持ち上がるほど強烈な一撃を、胴に食らっていたのではないか。

唯兵衛は竹刀を引き戻し、正眼に構えて直之進を見ている。

距離は一間もない。互いの竹刀の刀尖が、触れ合うほどの間合である。

——それにしても、なかなかよい構えをしておるな。

直之進はほれぼれした。

——今の唯兵衛の歳の頃に、俺にはこれほどの腕はなかったぞ。天稟というやつだな。

唯兵衛のどこにも隙は見当たらない。どっしりと腰が落ち、直之進がどんな攻撃を仕掛けてこようとも、対処できるだけの姿勢を取っている。

——相当強いな。だが、俺は負けぬぞ。

直之進は、面の中の唯兵衛の両眼をじっと見た。

若者らしくぎらぎらとした光を帯びた二つの瞳は、瞬きすることなく直之進を見つめている。

だが、そのぎらつく瞳の中に、ひときわ明るい一筋の光がのぞいているのに直之進は気づいた。

——あの光はなんだろう。

竹刀を構えつつ、直之進は思案した。すぐに答えは得られた。

——ふむ、そうか。おのれの秘めたる技をいつ使うか、その機会を狙っているのだな。

それが若さゆえ、瞳の色に出てしまっているのではないか。

まちがいなくそうなのだろうな、と直之進は思った。

——唯兵衛は、このあとどうする気か。すぐにその技を使ってくるのか。それとも、こちらの体勢を崩してからか。

多分、と直之進は思案した。後者だろう。

——だが、いつ使おうと構わぬ。沼里でも名門と言われる雲相流の遣い手の秘剣を、この目で見られるのなら、剣に携わる者として最上の喜びゆえな。

唯兵衛の竹刀の刀尖が、つと震えを帯びた。それを合図に、またも音もなく唯兵衛が突っ込んできた。

あまり足の速さは感じられないが、一瞬で間合が詰まった。

上段から竹刀が振り下ろされる。

目にもとまらぬ斬撃である。

――これも秘剣ではあるまい。

直之進は竹刀ではね上げた。

骨までしびれる衝撃が腕に伝わる。

もし自分の腕が今よりずっと劣っていたら、今の唯兵衛の一撃で、竹刀を取り落としていたかもしれない。

それほどの強烈さだったが、直之進は意に介さなかった。

間髪容れずに唯兵衛が逆胴を狙ってきた。直之進は体をひねるようにして竹刀を振り下ろし、その斬撃を叩き落とした。

床板に打ち当たりそうになった竹刀を引き戻した唯兵衛は、深く踏み込むや、再び下段から直之進の胴を打とうとした。

それを直之進はなんなく打ち返した。

唯兵衛はひるみを見せることなく、さらなる闘志の炎を燃やしたように直之進の面をめがけて力強く竹刀を打ち込んできた。

その斬撃を直之進は竹刀を斜めに傾けて受け流し、すす、と横に半間ばかり動いて、唯兵衛の逆胴を狙った。

俊敏に飛翔して直之進の竹刀をよけ、すぐさま床板に着地した唯兵衛が小手を打ってきた。

竹刀を上げてそれを弾き返した直之進は、できるだけ小さな動きで、唯兵衛の小手を逆に打ち据えようと試みる。

直之進の狙い通り、唯兵衛にその斬撃は見えにくかったようだ。竹刀を引く動きが、わずかに遅れた。

それでもぎりぎり間に合い、直之進の竹刀は空を切った。

それを見逃すことなく唯兵衛が踏み込み、またも間合を詰めてきた。

竹刀を上段から振り下ろしてくる。面を打つと見せかけて、それが胴に変化した。

――まだまだ本当の技を見せておらぬな。

あくまでも冷静に直之進は竹刀を動かし、唯兵衛の斬撃を打ち払った。

さほど力を入れたわけではなかったが、唯兵衛の両腕がかすかに上がり、胴に隙ができた。

すかさず直之進は竹刀を打ち込もうとした。

その直前、唯兵衛が竹刀を引き戻した。だが勢いが余ったか、唯兵衛の竹刀の刀尖がわずかに下がったのを直之進は、はっきりと目にした。

——好機だ。

大きく踏み込んだ直之進は、唯兵衛の面を狙った。

後退して直之進の竹刀をかわすのは間に合わず、ここは前に出るしかないと判断したのか、唯兵衛はためらわずに足を踏み出してきた。

——ほう、やるな。

しなやかに竹刀を振り下ろしつつも、直之進は感心するしかなかった。

——もし唯兵衛が下がっていたら、俺の竹刀は面に決まっていたはずだ。

このあたりの見極めは、さすがに沼里最強の剣士といっていいようだ。

直後、がしん、と竹刀同士が激しく当たり、直之進の腕に強い衝撃が伝わってきた。

それでも、直之進の竹刀の強さのほうが勝り、唯兵衛の腰ががくんと落ちた。

歯を食いしばった面の中の顔を見る限り、唯兵衛に後ずさる気はこれっぽっちもないようだが、体勢を崩したせいで力が少し抜けたらしく、右足が床板を五寸ばかり後ろに滑った。

そのために、さらに唯兵衛の体勢が崩れた。鋭く踏み込んだ直之進は、再び唯兵衛の面を狙った。

だが、唯兵衛は直之進の意図を見越していたのか、その面打ちをものの見事にかわし、直之進の右側に回り込んできた。

そこから逆胴に竹刀を払ってくる。

——ほう、俺に罠を仕掛けてきたか。

心中でにやりとした直之進は唯兵衛の竹刀を打ち返し、鷹が獲物に襲いかかる速さで、かすかに隙が生じた唯兵衛の小手めがけて竹刀をぶつけていった。

だが、唯兵衛はまたしてもその直之進の動きを待っていたらしく、さらに右に鋭く歩を運んで直之進の竹刀をよけた。

一瞬、唯兵衛の姿が直之進の視界から消えたほどの機敏さである。

素早く向きを変え、直之進は唯兵衛を追いかけた。唯兵衛が直之進にそう動くよう仕向けたのを承知で追いかけたのだ。

直之進は、斬撃の速さで唯兵衛の竹刀を上回るつもりでいた。唯兵衛の姿を視野に入れることなく、勘だけで逆胴に竹刀を振っていく。

うおっ、という驚きの声が唯兵衛の口から漏れた。

俊敏な足さばきで相手の視界から消えることを唯兵衛は得意としているようだ。おそらく、これまでこんなふうに逆襲されたことは一度もなかったのではあるまいか。

竹刀を必死に引き戻して、唯兵衛はかろうじて直之進の逆胴を受け止めた。

直之進の竹刀を力で押し返すやいなや、上段に竹刀を持ち上げ、直之進の面に一撃を加えようとする。

その斬撃を竹刀ではね上げた直之進は、唯兵衛の面に再び狙いをつけた。しかしながら、その前に唯兵衛がさっと後ろに下がって間合から外れた。

追いすがるのは容易だったが、直之進は足を止めて竹刀を正眼に構え、少し息を入れた。

このところずっと門人たちと稽古をしているために、体は以前よりだいぶ鍛えられている。疲れはまったく感じていないが、激しくやり合ったあとの唯兵衛の様子を、今はじっくりと観察したかった。

竹刀の刀尖越しに見える唯兵衛は、竹刀を構えたまま、その場を動かずにいる。

少し青い顔をしているように見えるが、道場内がさほど明るくないため、はっきりしない。

――ここで休むことなく、息もつかせぬ連続技を仕掛けてきたら、大したものだったが、そこまで息が続かなかったか。やはりまだ場数が足りぬようだ。

もし唯兵衛が真剣での立ち合いの経験が豊富だったら、直之進の逆襲に驚いたからといって後ろに引くことなく、負けじと攻め立ててきたはずだ。

刀というのは、防御のためにつくられていない。攻撃に最も威力を発揮するものだ。攻撃こそが刀の命といってよい。

――唯兵衛が、こうして一息入れたということは……。

刀尖をわずかに動かして、直之進は改めて唯兵衛を見据えた。

――これまでの一連の攻防で疲労を覚えたか。それとも……。

直之進は、ごくりと唾を飲み込んだ。

――このままでは埒（らち）が明かぬゆえ、いよいよ秘剣を使う気になったか。

唯兵衛の瞳のぎらつきが、これまでとは比べものにならないほど増している。

──やはり使うようだな。ついに雲相流の秘剣をこの目にできるということか。

期待を抱いてそんなことを直之進が考えた瞬間、決死の覚悟を表情に刻みつけた唯兵衛が床板を、だん、と強く蹴った。

これまでの滑らかな足さばきから一転、ずいぶんと荒々しい踏み込みだ。半間まで迫ってきた唯兵衛が、またしても下段から竹刀を振り上げてきた。

直之進は横に動くことで、それを難なくかわした。空を切った唯兵衛の竹刀は、直之進の肩の高さまで振り上げられた。胴に大きな隙ができている。唯兵衛らしからぬ隙である。

──これは、またしても俺を誘っておるのだな。

直之進は唯兵衛の狙いを解したが、ここはその誘いに乗ってみるべきだ、と考えた。竹刀を横に払い、唯兵衛の胴を打ち貫こうとした。

その瞬間、唯兵衛がさっと後ろに下がり、直之進の竹刀をよけた。間合があっという間に一間ほどに広がった。

すかさず直之進は唯兵衛との距離を詰めようとした。

そのとき、いきなり黒雲が覆い被さったかのように、直之進は頭上が暗くなったのを感じた。

頭上にかかる黒雲は竹刀の影だった。

——まだ互いに間合に入っておらぬのに、なにゆえ俺に竹刀が届くのだ。

直之進には、わけがわからなかった。その上、まさか唯兵衛が竹刀を振り下ろしてくるとは思っていなかったから、防御の姿勢を取るのも遅れた。

——しまった、やられる。

油断があったのだ。直之進はほぞを噛んだが、後悔してももはや遅い。

——ここで、してやられるわけにはいかぬぞ。

必死の思いで直之進は竹刀を上げた。こうしたところで唯兵衛の斬撃に間に合うか、正直わからなかった。

——無理だ、間に合わぬ。

竹刀を振り上げながら、直之進は負けを覚悟した。もう唯兵衛の竹刀は、確実に直之進の面を捉えるはずだった。

だが、そのとき直之進は目をみはることになった。

唯兵衛の竹刀の動きが、妙にゆっくりに見えたのだ。

——こ、これは。

直之進は思い出した。久しぶりの感覚だった。相手の動きが遅く感じるこの妙な力のおかげで、直之進はかつて危地を脱することができたのだ。

直之進は唯兵衛の構えに目をやった。

——ああ、そういうことか。

すぐさま直之進は納得した。唯兵衛は左手のみで打ちかかってきているのだ。雲相流の元の流派である二天一流の極意は、右手が使えぬとき、左手でも右手と同じように刀を振るえるようにする、というものだったはずだ。

左手で右手と同じように刀を振るえるだけの技量を、唯兵衛はすでに持ち合わせているのである。左手一本を思い切り伸ばしているから、間合の外から竹刀が届くことになるのだ。

徐々に唯兵衛の竹刀が顔に近づいてくる。

——これなら、間に合うな。

自らの竹刀で直之進は唯兵衛の斬撃を打ち払い、すっと姿勢を低くした。同時に竹刀を猛然と前に伸ばす。

唯兵衛の胸元をめがけて、突きがまっすぐに進んでいく。じれったくなるほどゆっくりした動きだ。

——唯兵衛によけられてしまうのではあるまいか。

だが、唯兵衛はかわそうとしない。直之進の竹刀はゆるやかに唯兵衛の胸に、吸い込まれるように届いた。

がつっ、という音が耳を打つ。同時に唯兵衛が吹っ飛び、見る間に直之進から遠ざかっていく。

すでに時が元に戻っていることを、直之進は知った。

背中から床板に、だん、と落ちた唯兵衛の体は少し弾んでから、ずずず、と勢いよく滑っていく。壁に当たる前に、ぎりぎりで止まった。

「一本っ」

仁埜丞が右手を掲げて宣した。

——俺は勝ったのだな。

信じられないが、勝ったのだ。

もし門人たちがここで見守っていたら、大歓声が湧き起こっていたのではないか。

——しかし辛勝だ。唯兵衛にようやく勝てたに過ぎぬ。

背筋に冷や汗が出ていることに、直之進は気づいた。三年ほど前には、唯兵衛とはかなりの腕の差があったはずだが、今はちがう。薄氷の勝利としかいいようがない。

——やはり勝負というのは、怖いものだ。

相手の動きがゆっくりに見えるという、摩訶不思議な力のおかげで、かろうじて勝利を得ることができた。

どうしてあのようなことが我が身に起きるのか、直之進にはさっぱりわからない。

——持って生まれた力なのだろうか。

とにかく、逃れようのない窮地に追い込まれない限り、あの現象が起こらないことだけは、はっきりしている。

自在にあの力を使えるようになったら、と直之進は思った。天下無敵だろう。次にいつあの力があらわれるのか、直之進には見当もつかない。もう二度とあらわれないかもしれない。

それでも構わぬ、と直之進は歯を食いしばるようにして思った。

——あの摩訶不思議な力に頼ろうとは思わぬ。俺は、もっともっと強くならなければならぬ。ひたすら強くなればいいだけの話だ。

激しくなっていた呼吸が少し楽になってきた。

四

直之進は、気を失っているらしい唯兵衛に歩み寄った。顔をのぞき込む。面の中には、苦しげな唯兵衛の顔があった。その顔は幼く、どこかいたずらっ子のような顔つきに感じられる。

——この若さで素晴らしい腕前だ。

雲相流の剣技を会得するために、これまですさまじい稽古を積んできたのだろう。

——もし唯兵衛が真剣での場数を踏んでいたら、やられていたのは俺かもしれぬ。

直之進はその場に座り、面を外した。

——それにしても、雲相流の最後の攻撃は素晴らしい技だったな。

直之進は、いま目の当たりにしたばかりの技に心が動いたのを感じた。

——他流の剣技とはいえ、是非とも会得したいものだ。

佐之助が一人、直之進に近づいてきた。直之進は目を向けた。

佐之助は、驚愕の色を顔に貼りつけているように見える。

「どうした、倉田」

佐之助のこんな顔を見るのは珍しく、直之進は声をかけた。

「顔色が変わっておるぞ」

「変わるに決まっておろう」

怒ったような口調で佐之助がいった。

「湯瀬、今の返し技はどうやったのだ。神業(かみわざ)としか思えぬすさまじさだった。正直、目がついていけなかった」

佐之助はほとほと感心したという顔だ。

「ふむ、神業か」

確かに、直之進の窮地を哀れんで神が与えた力なのかもしれない。

「わしも、てっきりおぬしがやられたと思うたよ……」

直之進の横に来た仁埜丞がつぶやくようにいった。気絶したままの唯兵衛の体を佐之助が背後から抱き起こす。

「ただ今の戦いに目を凝らしつつ、この若者にはなにやらとんでもない秘剣があるのではないかとにらんでおったが、まさか左手一本の斬撃を隠し持っておるとは夢にも思わなんだ」

よっ、といって佐之助が唯兵衛に活（かつ）を入れる。だが、唯兵衛は目を覚まさない。

「これはまた、ずいぶんと手ひどくやられたものだな。まあしかし、あの秘剣を見舞われたのでは、おぬしが本気を出すのも仕方あるまい。湯瀬、それにしても、すさまじい返し技だったな。わしもあれは真似できぬわ」

「師範、それはいくらなんでも褒めすぎです」

仁埜丞に直之進は、相手の動きがゆっくりに見えたことを告げようとした。

だが、その前に佐之助が口をとがらすように割り込んできた。

「褒めすぎということはないぞ。あの返し技はいくら褒めても褒めすぎということはない」

力んでいう佐之助を見て、仁埜丞がほほえんだ。

「倉田のいう通り、湯瀬、まさしく神速（しんそく）の返し技であったぞ」

仁埜丞の言葉を聞き、佐之助が改めて唯兵衛に活を入れた。

今度はすぐに、うう、と唯兵衛がうなり声を発した。

ああ、目覚めてくれたか、と直之進は胸をなで下ろした。

唯兵衛がひどく咳き込みはじめた。佐之助が優しく背中をさする。

やがて咳が止まった。

「大丈夫か」

背後から佐之助にきかれ、唯兵衛がおそるおそるという感じでそちらを見た。そこにいるのが佐之助であることを知り、深くうなずいてみせた。

「は、はい、もう大丈夫です」

しわがれ声で唯兵衛が答えた。唯兵衛の顔をのぞき込んだ仁埜丞が問う。

「ひどく胸をやられたが、痛みはないか。胴の上からとはいえ、湯瀬の突きをまともに食らったのだからな」

「痛みはありませせぬ。ただし、まだ少し息がしにくいように感じます」

「そうか。しばらくは安静にしておったほうがよいな」

「はい、そういたします」

素直に顎を引いて、唯兵衛がその場に端座する。目の前の直之進を見上げ、こうべを垂れた。

「完敗です」

「いや、とんでもない」

直之進は少しあわてていった。

「おぬしは強い。勝ったのは、ただ俺の運がよかっただけだ」

直之進は本心から告げた。唯兵衛が軽く首を振る。

「雲相流の必殺剣を使う機会は、これまで二度しかなかったのですが、いずれも相手を叩き伏せることができました。あそこまで完璧にかわされ、しかもあれだけ強烈な突きを返されたのは、今日が初めてです。宙を飛びながら、それがしの身にいったいなにが起きたかわからず、ただひたすら呆気に取られておりました」

唯兵衛が息を入れた。また直之進を見つめる。今は負けた悔しさなど微塵も感じさせず、すがすがしい顔つきをしている。

「この三年余り、血のにじむような稽古を続けてまいりました。されどまだまだ未熟、わが身のいたらなさを痛感いたしました。湯瀬どの、いえ、湯瀬さま、それがしを是非とも弟子にしてくれませぬか」

真摯な表情でいって、唯兵衛が床板に両手をそろえた。佐之助と仁埜丞が一瞬、怪訝な表情を見せたが、唯兵衛の晴れやかな顔を見て、なにもいわず微笑んだ。

いきなりの申し出に、直之進は面食らった。かつて互いに真剣を抜き合ったときのわだかまりなど霧消している。しかし、まさか唯兵衛がこんなことをいってくるとは、思ってもいなかった。

なんといっても、自分は弟子など持てるような立場ではないのだ。

立ち上がった佐之助が、直之進の肩を強く叩いた。

「よいではないか。湯瀬、弟子にしてやれ」

「しかし……」

「弟子といっても、四六時中おぬしについて回るわけではない。家に住み着くわけでもないのだ」

それを聞いて唯兵衛がうなずく。

「それがしは役目柄、殿のおそばを離れるわけにはまいりませぬ。まことに勝手ながら、弟子と申しても湯瀬さまと寝食をともにすることはできませぬ」

本当に済まなそうに唯兵衛がいった。

「うむ、わかった」

「では湯瀬さま、弟子にしていただけるのでございますか」

「朝から晩まで俺にくっつくことはないというのなら、構わぬ」

「ありがとうございます」

うれしそうにいって唯兵衛がまたも深く辞儀した。

その唯兵衛の様子を見て、佐之助が言葉を続ける。

「とにかく湯瀬、これで沼里の家中において、おぬしより強い者がおらぬことがはっきりしたのだ。湯瀬、もはや道は一つだぞ。わかっておるな」

「うむ」

直之進は大きくうなずいた。すでに心は決まっている。

というより、佐之助がいうように、ほかに道はないのだ。

──やるしかない。

直之進は心に揺らがぬ杭を打ちつけた。

「では直之進、余の推挙を受けるのだな」

いつの間にかそばにやってきていた真興が、真剣な顔で確かめてくる。

はっ、と答えて直之進はすぐさま真興に向き直った。

「謹んでお受けいたします」

力強い口調で直之進は告げた。

満足そうな笑みを真興が頬に刻んだ。次いで、唯兵衛に目を当てる。

「唯兵衛、そなたも実によく戦った。直之進を相手に一歩も引かぬ、素晴らしい戦いぶりであったぞ」

「湯瀬さまに勝てると殿に高言した自分が恥ずかしゅうございます」

申し訳なさそうにいって、唯兵衛が深々と頭を下げる。

「唯兵衛、面を上げよ」

真興が優しく命じると、唯兵衛がいわれた通りにした。

真興が唯兵衛をまっすぐに見る。

「そなたの戦いぶりのおかげで、直之進も本気になったのだ。このまま稽古に励めば、いつか直之進を凌駕(りょうが)する日がくるであろう。唯兵衛、それまで決して精進を怠るでないぞ」

俺を超えるか、と直之進は思った。確かに唯兵衛の腕ならば、その日がやってくるのはさほど遠くないのではないか。

「はっ」

真興に向かって唯兵衛がかしこまる。


「うむ、それでよい」

「仰せの通りにいたします」

うむ、と重々しくうなずいた真興が直之進に顔を向けてきた。

「直之進、そなたは沼里に来なければならぬ。わかっておるか」

「はっ、承知しております」

「うむ、よい機会だ。直太郎に故郷を見せてやれ」

「せがれを連れていっても、よろしゅうございますか」

「むろんよ。ただし、子連れの旅は容易ではなかろう。ゆえに船を手配する」

「えっ、船でございますか」

「うむ、そうだ。なに、余も忍びの旅ゆえ、すぐに沼里に戻らねばならぬ。往きと同じく、また澄田屋の船に乗るだけのことだ。直之進、同乗いたせ」

「この上ないお言葉でございます」

「おきくも一緒に連れてくるがよい」

「えっ、女房もでございますか……」

「当たり前だ」

にこやかな笑みを浮かべ、真興が断ずるようにいう。

「いざというとき、男に最も力を与えるのは、愛する女房と昔から相場は決まっておる。おきくの支えがあれば、そなたは沼里で行われる東海大会において、きっと力を出しきれるであろう。直之進が力を出しきりさえすれば、仁埜丞が申す通り、尾張柳生の遣い手に決してひけは取るまい。いや、必ず勝てよう。むろん油断はできぬが、尾張柳生の遣い手に勝てれば、御上覧試合での優勝も夢ではあるまい。余は今から楽しみでならぬ」

ははは、と真興が快活な笑い声を上げた。

「畏れ入ります」

上機嫌の真興を前に、直之進は頭を下げるしかない。

「殿――」

顔を上げた直之進は真興に呼びかけた。

「なにかな」

笑いを引っ込め、真興が真顔できく。

「澄田屋の船は、いつ江戸湊を出るのでございましょう」

「あさっての朝早くだ。霊岸島から出ることになっておる」

「あさっての朝でございますね」

「明け六つに出船とのことだ。直之進、遅れるでないぞ」

「承知いたしました」

直之進は深々と頭を下げた。

それから三々五々、皆で道場を出た。

講堂に戻り、真興が乗物に乗り込んだ。

「では、またな、直之進」

引戸から顔をのぞかせて、真興が右手を上げる。

「はっ、失礼いたします」

直之進は辞儀した。

「あさって、霊岸島で会おう」

「承知つかまつりました」

じっと直之進を見てから、真興が供の者にうなずきかけた。供の者の手が引戸にかかり、真興の顔がゆっくりと消えていく。

——ああ、もう行ってしまわれるのか。

すぐにまた会えるとはいえ、直之進は名残惜しくてならない。

直之進に会釈してから、安芝菱五郎が乗物のそばについた。

菱五郎の横に立った酒川唯兵衛も敬愛の目を、直之進に向けてきた。

直之進は唯兵衛にうなずき返し、それから菱五郎に眼差しを当てた。久しぶりに会ったというのに、今日、菱五郎とはほとんど会話をかわしていない。菱五郎自身、直之進と話をしたかったな、といいたげな顔をしている。

菱五郎とは次にいつ会えるのか。

「出発っ」

思いを断ち切るような響きのよい声で、菱五郎が号令をかける。

それを合図に乗物が浮き、しずしずと進みはじめた。菱五郎や唯兵衛など供の者たちも乗物とともに歩き出した。

直之進は佐之助や仁埜丞らと一緒に、真興の一行が沼里家の上屋敷に帰っていくのを見送った。

どこか霞(かすみ)のかかったような天気で、すぐに乗物や供の者たちの姿は見えなくなった。

「さすがに腹が減ったな、湯瀬」

佐之助が語りかけてきた。

「うむ」

腹をさすって直之進は答えた。

「なんだ、おぬしら、飯をまだ食べておらなんだか」

驚きの顔を仁埜丞が向けてきた。

「はい。食堂に行こうとしていたところに、我が殿がおいでになりましたゆえ」

「それは間が悪かったな。では、空腹のまま戦ったのか」

「そういうことになります」

「もし湯瀬が腹ごしらえをしていたら、もっと楽に勝てたかもしれぬな」

「そういうことはありませぬ」

直之進はかぶりを振った。

「むしろ空腹のおかげで、それがしは研ぎ澄まされていたような気がいたします」

「ふむ、確かにそういうこともあるかもしれぬ。ところで、食堂はまだ開いておるかな」

「八つの鐘は鳴っておりませぬゆえ、開いておるのではないかと」

「ならば、二人で食べてくるがよい」

佐之助と直之進を交互に見やって仁埜丞がいった。

「はっ、そういたします」

直之進は頭を下げて答えた。

「急いでかっ込んでこずともよいぞ。門人たちの面倒は、わしがしっかり見ておくゆえ」

「はっ、よろしくお願いいたします」

仁埜丞に丁寧に頭を下げてから、直之進は佐之助を伴って食堂に向かった。

「師範はああおっしゃってくださったが、できるだけ急いで食べたほうがよかろう」

小走りに足を運びつつ、直之進は佐之助にいった。

「うむ、そうすべきだろうな」

間髪容れずに佐之助が同意する。

あと四半刻もしないうちに、午後の稽古がはじまる。門人すべてを、仁埜丞が一人で見ることなどできない。ただでさえ人手不足なのだ。

直之進は佐之助とともに、がらんと人気（ひとけ）のなくなった食堂に入り込んだ。

「まだ食えるか」

佐之助が給仕の小女に確かめる。

「はい、大丈夫でございますよ」

小女がにっこりと笑ってうなずく。

「助かった」

つぶやいて直之進は佐之助とともに小上がりに座を占めた。

――しかし俺が沼里の代表か。

目を閉じて直之進は思った。これまで一度たりとも、そんな晴れがましい舞台に立ったことなどない。

――そんな俺でもよいのか。

だが、もはや逃げることはできない。前に進むしかないのだ。

「湯瀬――」

向かいに座す佐之助が呼びかけてきた。

「俺は浪人も同然の身の上ゆえ、御上覧試合どころか、予選にも出られぬ。よいか、俺の分までがんばるのだ。湯瀬、必ず日の本一になるのだ。わかったか」

直之進をひしと見つめ、佐之助が熱い口調でいった。

おそらく倉田は、と直之進は見返して思った。剣豪日本一を決める大会に出られぬのが、無念でならぬのだろう。

――この俺が出るなら、自分もなんとかして出たいと思っているはずだ。将軍家がご覧になる試合で、俺と立ち合えたら、と考えておるのだろう。もしそれが決勝戦だったら、と直之進も胸を躍らせて思った。どんなに素晴らしいことか。

「うむ、わかった。日の本一になるため、努力は惜しまぬつもりだ」

「努力を惜しまぬでは駄目だ」

直之進をにらみつけるようにして佐之助がいった。

「必ず日の本一になると誓うのだ」

「しかし……」

「情けないことをいうな。目標というのはな、口にせぬとかなわぬものだ」

確かにそういう面はあるかもしれぬ、と直之進は思った。

「それに湯瀬。きさまは今日、沼里の代表となったが、それだけではないぞ。わかっておるか」

「わかっておる」

佐之助を凝視して直之進は深くうなずいた。

「秀士館の代表でもあるということだな」

「そうだ」

佐之助が首を大きく縦に動かした。

「きさまは秀士館を代表して戦うことになるのだ。恥ずかしい戦いは決してできぬぞ」

「よくわかっておる。倉田、任せておけ」

胸を叩くように直之進は請け合った。

「うむ、俺にはきさまに任せるしか道はないのだ。頼むぞ、湯瀬」

熱い眼差しを佐之助が注いでくる。直之進は目をそらさずに見返した。

「承知した。倉田の期待に必ずや応えよう」

「その意気だ」

瞳を輝かせて佐之助がいった。

「ところで湯瀬、俺も沼里に行こうかと思う。行ってよいか」

「まことか。来てくれるのか」

「きさまの手助けをしたいと思うてな」

「おぬしが来てくれるのなら、俺も心強い。大歓迎だ」

そうか、といって佐之助が白い歯を見せたが、すぐに思案の表情になった。

「館長は許してくれるだろうか」

大左衛門の性格からして、反対するまいと直之進は思った。

「秀士館を代表して東海大会に臨む湯瀬直之進の手助けをするといえば、きっとお許しくださろう」

その言葉を聞いて佐之助が愁眉を開いた。

「もし館長が許さぬというのだったら、俺は秀士館をやめてもよい」

これには直之進は唖然とせざるを得なかった。

「まことか、倉田。なにもそこまで入れ込まずとも……」

直之進に向かって佐之助がにやりとした。

「なに、やめてもよいのだぞ、と気迫を見せて館長を脅すのだ」

直之進は呆気にとられた。

「倉田、そこまですることはあるまい。必ずや館長はお許しくださるはずだ」

「俺もそう願っておる。さすれば、そのような真似をする必要もなくなる」

そのとき小女がやってきた。

「お待たせいたしました」

ようやく直之進たちのもとに食事が運ばれてきた。

――ああ、やっとありつける。

膳の上に置かれた箸を素早く手に取り、直之進はほっと息をついた。

「待ちかねたぞ」

小女に軽口を叩くようにいった佐之助も顔をほころばせている。

「すみません、遅くなってしまって」

「いや、別に謝るようなことではない」

佐之助がにこりとする。

はっとして、小女がまぶしそうに佐之助を見る。

――相変わらずもてる男よ。

直之進は感心するしかなかった。

小女が後ろ髪をひかれるような素振りでその場を離れていく。佐之助が直之進に顔を向けてきた。

「よし、湯瀬。さっさとやっつけてしまおう」

すでに佐之助は飯茶碗を手にしている。

「うむ、そうしよう」

味噌汁の椀を手元に引き寄せるや、直之進はすすりはじめた。

上品な白味噌で、具は豆腐である。
うまさが全身に染み渡り、直之進は我知らず吐息を漏らした。

第二章

一

揺れがおさまった。

胴(どう)の間(ま)に横になって眠っていた直之進は、布団の中で気がついた。

江戸からの船旅は順風が続き、船がひどく揺れることはほとんどなかった。

それでも、波に体が翻弄(ほんろう)されているような感じが今も続いている。見えない手に両足をつかまれて、上下に揺さぶられているようだ。

——船が揺れなくなったのは、沼里に着いたゆえではないか。

そんなことを考えて、直之進は目を開けた。

荷が一杯に詰め込まれた胴の間は暗い。甲板(かんぱん)に通じる梯子(はしご)のような階段が設けられているが、そこからのぞいている空も暗く、いくつもの星が瞬いている。

かたわらにいるおきくと直太郎は、寝心地がよいようで、まだぐっすりと眠っている様子だ。穏やかな寝息が、重なり合って聞こえてくる。

抱き合って寝ている二人を起こさないように直之進は立ち上がり、枕元に置いた刀をそっと手にした。

甲板につながる階段を、きしませないようにゆっくりと登っていく。

階段を登り切り、直之進は甲板に出た。少し肌寒い。

船は停まっていた。海ではなく、川のようだ。甲板に二つの篝火が焚かれ、忙しそうに行き来する水夫たちを、影絵のように照らしている。

篝火は闇の壁に小さな穴をうがっているだけで、まだ夜は明けていない。

風はほとんどなく、今は満潮時なのか、濃い潮のにおいがわだかまるように漂っている。少し霧も出ているようで、大気は湿っぽい。

手にしていた刀を腰に差し、欄干のごとく船縁につくられた垣立に直之進は両手を置いた。暗い中、あたりの景色を眺める。

さほど遠くない岸と思える場所に、ぽつんと灯りが望めた。

その灯りに、直之進は見覚えがあった。

沼里城近くの堤に置かれている常夜灯ではないか。

——ふむ、やはり沼里に着いたのだな。

闇に目が慣れてきた直之進は、船のまわりの風景をじっくりと眺めた。

自分たちの乗ってきた鱗堂丸は、五町近くの幅を誇る大河の流れのほぼ真ん中に碇を下ろしていた。

——ここは狩場川だな。

伊豆国に端を発した狩場川は沼里城下を縦断し、沼里城の外堀役を果たしている大河である。その一方で、沼里湊としての役割も持ち、満潮時には城の近くまで大船が入ってこられるのだ。

また、狩場川は味のよい鮎が名産で、その塩焼は、東海道を行き来する旅人たちに好評だった。

それにしても、と直之進は狩場川の川面を這うように流れていく霧を眺めながら、大きく息を吸い込んだ。

——短い船旅だったとはいえ、なにごともなく無事に着いたのはなによりだ。

さすがにほっとする。両眼に映り込んでいる景色は、幼い頃から馴染んできたものだ。

懐かしさが潮のように直之進の心をゆっくりと満たしていく。

おっ、と直之進は声を上げた。沼里城の三層の天守らしい影が間近に見えたのだ。

やはり夜明けは近く、夜の幕は徐々に上がりつつあるのだろう。実際、東の空は白みはじめていた。

——今がまさしく明け六つだな。

直之進のそんな思いに合わせるように、時の鐘が鳴りはじめた。

あれは城下の千厳寺の鐘であろう。鐘の音はまだ暗い空を越えて、胸にしみるように響いてくる。

その鐘の音を合図にしたのか、舳先に提灯をともした何艘もの小舟が川岸を離れ、鱗堂丸に近づいてきた。あの小舟に乗っている者たちは、これから鱗堂丸の荷下ろしをするのだろう。

ふと、背後に人の気配を感じた。はっとして振り返ろうとした瞬間、先に声をかけられた。

「湯瀬、沼里に着いたようだな」

直之進はさっと体の向きを変え、そこに立つ人影と相対した。

「倉田っ」

直之進は仰天の声を上げた。佐之助が驚いたように目をみはる。

「湯瀬、なにを驚いておる」

「驚くに決まっておろう。おぬし、船に乗っておったのか」

「当たり前だ。おぬしについて沼里に行くと約束したではないか」

「それはそうだが、出船前に会ったきり、船内で顔を合わせなかったからな。乗船しておらぬのかと思っていた」

ふん、と佐之助が鼻を鳴らした。

「倉田は船が嫌いで、陸路にしたのかと思っていたのだ」

「幼い頃から船は好きだぞ。移りゆく景色を存分に楽しめるからな」

「倉田、この二日のあいだ、いったいどこにおったのだ」

直之進にきかれ、佐之助がにやりと笑う。

「湯瀬、この鱗堂丸だが、どのくらいの荷が積めるかわかるか」

答えず佐之助がきき返してきた。そうさな、と直之進はいって素直に考えた。

「かなり大きい船であるのは確かだが、千石船ほどではないな。多分、八百石ほどは積めるのではないか」

「その通りだ。無理をすれば、おそらく千石近く積めよう」

「ふむ。それで倉田、それがどうしたというのだ」

「これだけの船だ。男一人が姿を消すことなど、さして難しいことではないといいたかったのだ」

そういえば、と直之進は思い出した。以前真興と、今は口入屋米田屋のあるじとなった平川琢ノ介の二人が悪者一味にかどわかされ、沼里から船で連れ去られた際、佐之助は船内に隠れひそみ、真興と琢ノ介救出の立役者となったことがある。

「倉田、なにゆえそのような真似をしたのだ。隠れる必要などなかろうに」

佐之助が笑顔になる。

「なに、そのほうが楽しいではないか。旅には、なにか楽しみがないとな」

「楽しみか。おぬしにとって、この船はかくれんぼの場所も同然か。まるで幼子のようではないか」

そういったとき、直之進の脳裏をふとよぎったことがあった。

「倉田、もしやおぬし、気を利かせたのではあるまいな」

「気を利かせただと。なんのことだ」

「おぬしは、本当は俺たちとともに胴の間で過ごすことになっていたのではないのか。だが、こちらは女連れだ。亭主以外の男と一緒では、おきくが気を使おう。それを慮(おもんぱか)って身を隠したのでは」

　ふっ、と佐之助が笑った。

「湯瀬、いくらなんでも気を回しすぎだ」

「ちがうのか」

「ちがうさ。船旅のあいだ、胴の間で過ごすようにいわれてもおらぬ」

　そうか、と直之進はいった。

「ところで倉田、船内のどこに身をひそめておったのか、教えてくれぬか」

「まあ、どこでもよかろう」

　佐之助が微笑する。

「なんだ、教えぬ気か」

「そのうち教えてやる」

「そのうちか。まあ、よかろう」

「相変わらずあきらめのよい男だ。そんな調子で、こたびの大会を勝ち抜けるのかな」

「勝ち抜くさ」

直之進はさらりといった。

「ほう、自信があるのだな。よいことだ。ところで湯瀬、船酔いはしておらぬか」

「大丈夫だ。もともと船には強いたちだ。倉田、おぬしはどうなのだ」

「見ての通りだ」

佐之助が笑みを浮かべた。

「これまで一度も船に酔ったことはない」

「ほう、一度もか。さすがだな」

「別に褒められるようなことではない。それより湯瀬、おきくどのや直太郎は大丈夫なのか。特に直太郎は初めての船旅だろう」

「直太郎も俺と同じで、船酔いはせぬようだな。まだ二人してよく眠っておる」

「まだ眠っておるなど、なかなか肝が太いではないか」

「初めての旅ゆえ疲れただけかもしれぬ」

「湯瀬、いたわってやることだ」

「むろんそのつもりだ」

つと佐之助が直之進の腰に目をとめた。

「湯瀬、なかなかよい刀を帯びておるな」

「ああ、これか」

手を伸ばし、直之進は柄を軽く叩いた。そういえば、と佐之助がいった。

「出船前に樺山やら米田屋やらが見送りがてら訪ねてきたとき、鎌幸もおったな。そのとき、その刀をもらったのか。三人田ではないようだが」

「うむ、残念ながら三人田ではない。しかし、ひじょうに出来のよい刀だぞ。拵えも素晴らしい」

「例の刀工が打ったのだな」

鎌幸のもとには、貞柳斎というとても腕のよい刀工がいる。鎌幸によれば、自在に炎を御し、どんな刃文も思いのままにできるという。名刀の写しをつくることなど、まさに朝飯前だそうだ。

「しかし、いつこの船から下りられるのかな」

三層の天守を眺めつつ直之進はつぶやいた。

「故郷に帰ってきて気が急くか」

まじめな口調で佐之助がきいてきた。

「そうだな、気は急いておるな。かつて家中におったとき、俺は何度か江戸に勤番として赴いた。江戸詰が終わり、沼里に帰ってきたときのことを今ふと思い出した。江戸からの帰りはいつも陸路だったが」

「俺は生まれ育ったのが江戸ゆえ、そういう経験はない。だから故郷を持つ者が、ちとうらやましい」

そういうものなのか、と直之進は思った。

「倉田、あそこにこんもりとした山が見えるだろう」

直之進は東側を指さした。かなり明るくなってきており、あたりの風景を見るのに、なんの支障もない。

直之進が指さした山は、いま鱗堂丸が停泊している場所から十町も離れていない。

「あれは確か、鹿抜山といったか」

「ほう、よく知っておるな」

目を丸くして直之進は佐之助を見た。佐之助が直之進を見返す。

「俺は沼里に来たことがあるからな」

そうだったな、と直之進は思い出した。佐之助は四年前、江戸からやってきて、沼里家の家臣で使番だった藤村円四郎をこの地で斬ったのである。

藤村円四郎は、直之進の元妻千勢の想い人だった。千勢は、円四郎が斬り殺されたことで、仇討のために沼里を出奔したのである。

前触れもなく姿を消した妻の行方を追い求めた直之進は、千勢を追って江戸に出てきた。

案の定、千勢は江戸で暮らしていた。さほど時をかけることなく千勢は見つかったが、結局、直之進と千勢が復縁することはなかった。

そしてこの四年、互いにさまざまなことがあった。

いま直之進は米田屋の前のあるじ光右衛門の娘おきくを妻にし、千勢は佐之助の妻となっている。

「それで鹿抜山がどうしたというのだ」

黙り込んだ直之進を見つめ、佐之助がたずねてきた。

「江戸から沼里を目指して東海道を西に上っていくと、やがて黄瀬川を渡る頃、あの山がくっきりと視界に入ってきてな。それで、沼里がもう間近だということを、沼里家中の者は知るのだ」

「鹿抜山は、勤番侍たちに故郷が近いことを知らせてくれる目印なのだな。――湯瀬、黄瀬川というと、平家討伐に向かう源頼朝と、奥州から頼朝のもとに駆けつけた義経（よしつね）が対面したところではないか」

「その通りだ。平家を富士川（ふじかわ）の戦いで打ち破った翌日、頼朝公は黄瀬川近くに陣を張っていたそうだ。そして、そこに一人の若者があらわれたという。それこそが義経公だ」

「頼朝は感動しただろうな」

「義経公と会われて、涙を流されたというぞ」

「頼朝は冷たい男というが、実際はちがったかな」

「そうかもしれぬ」

直之進は同意した。

「黄瀬川近くの東海道沿いにこぢんまりとした八幡神社があってな、そこに対面（たいめん）石（いし）というものが残っておる。その石に腰かけて、二人は対面したというぞ」

「その対面石を湯瀬は見たことがあるのか」

「ああ、いちど見に行ったことがある。ただし、なんの変哲もない大きな石だ。人が座るのにはちょうどよい大きさではあるが」

「ほう、そうか。湯瀬、また座りに行くべきだな」

「なにゆえ」

「頼朝にあやかり、剣で天下を取れるかもしれぬではないか」

「義経公にあやかったらどうなる」

「それはそれでよかろう」

佐之助が快活な声で答えた。

「義経は戦の天才といわれた男だからな」

だいぶ明るくなってきた。太陽が東の山々を乗り越えようとしている。

くっきりと見えるようになった景色を、佐之助がまた眺めはじめた。

「とてもきれいな町だな。初めて来たときは、そんなことを思いもしなかった」

感慨深い口調で佐之助がいった。

「ふむ、いつになったら、この船を下りられるのかな」

「倉田、おぬしも里心がついたのではないか」

「そのようなことがあるはずがない。いつまでも船内にいることに飽きただけだ」

「じきに下りられよう。そろそろ下船の支度をしたほうがよいな」

「うむ、その通りだな」

「倉田、隠れていたところに戻るのか」

「そうだ。荷物があるゆえな」

「荷物か」

直之進はつぶやいた。

「倉田、どうせなら千勢どのも連れてくればよかったのに」

直之進を見て、佐之助が首を横に振る。

「懐かしそうにはしておったがな、だが千勢はあまり沼里に帰りたがってはおらなんだ」

「そうか、千勢どのは帰りたくないのか」

きっと沼里で暮らしていたときのことを思い出したくないのだろう。直之進は胸が痛んだ。

「沼里には親しい縁戚もおらぬようだし、なによりも江戸にはお咲希(さき)もおる。千勢がいなくなったら、お咲希の面倒をみる者がいなくなってしまうからな」

お咲希は千勢が奉公していた料亭の娘で、血のつながりはなかったが、千勢と佐之助を実の二親(ふたおや)のように慕い、三人仲睦まじく暮らしていた。

「千勢どのが来ぬのなら、お咲希ちゃんも来るわけがないな」

「お咲希には手習所もあるしな。あの娘、手習が忙しくて、なかなか休めぬのだ」

「まだ小さいのに学問が忙しいとは、それはちと気の毒だな」

「なに、お咲希が通っておる手習所は、学問よりも躾のほうに力を入れておってな。特に女子には、どこに嫁に出しても恥ずかしくないようにと、学問ばかりでなく行儀作法なども教えているようだ。手習師匠も女でな、元々は、武家の出だと聞いておる」

「昔ならば、手習所は浪人がやるものと決まっていたが、今は女の手習師匠が幅をきかせておるようだな」

「男よりも怖い手習師匠も少なくないようだ。お咲希の手習師匠も、かなり怖いそうだ。それで休めぬというのもあるらしい」

「なるほど、男よりも怖い師匠か。それはよくわかる」

同意したとき、真横から直之進に近寄ってくる者の気配がした。ふんわりとやわらかな雰囲気を身にまとっている感じがし、目をやらずとも、それが誰かすぐに知れた。

「殿っ」

すぐさま真興に向き直り、直之進は朝の挨拶をした。

「うむ、直之進、早起きだな。倉田も一緒か」

真興にいわれ、佐之助が軽く頭を下げた。

真興のそばには、酒川唯兵衛が用心棒のように立っている。唯兵衛が響きのよい声で、おはようございます、といった。

「おはよう」

直之進はすぐに返した。佐之助も無言で会釈した。

真興が、にこにこと直之進と佐之助に目を当てる。

「二人とも朝っぱらからなんの話をしておったのだ」

「はっ」

直之進は、この船旅のあいだ佐之助が行方知れずになっていたことなどを告げた。

「そういえば、一度も姿を見なかったな。倉田、どこにおったのだ」

「どことということもありませぬが、これだけ大きな船ゆえ、身をひそめるところはいくらでもありもうす」

「なるほど、いう気はないか。まあ、よかろう」

ふふ、と佐之助が笑みをこぼした。

「倉田、なにゆえ笑うのだ」

「いや、この主従はよく似ておるなと思って、つい笑いが出てしもうた」

「主従というのは、余と直之進のことか。どこが似ておるというのだ」

穏やかに笑いながら、佐之助がすぐさま説明する。

「そうか、余と直之進は、あきらめのよさが似ておるか」

佐之助の言葉を聞き終えた真興が納得顔になる。

「さもあらん。余と直之進は兄弟のような間柄ゆえな」

兄弟のような間柄といわれ、直之進は胸が一杯になった。

「真興どのは、よく眠れたか」

佐之助が気遣うようにきいた。そのことが直之進はうれしかった。

「うむ、余は船頭の間を供されておったゆえ、ぐっすりだった。さすがに船で最上の場所だけのことはあった」

「それでも、お疲れではございませぬか」

これは直之進がたずねた。

「疲れてはおらぬ。余はまだ若い」

真興が胸を張った。考えてみれば、真興はまだ二十五前なのだ。

「よし、そろそろ下船できそうだな」

　船上を見回して、真興がいった。

「唯兵衛、下船の支度は済んでおるな」

「はっ、もうすっかりできております」

「それは重畳」

「では我らも下船の支度をせねばなりません」

「直之進、すでにおきくが済ませておったぞ」

「えっ、まことでございますか。しかし、なぜそのことを殿がご存じなのでございますか」

「そなたに会いに胴の間に行ったのだが、おらなんだ。おきくがすでに支度をととのえ、待っておったぞ」

「さようでございましたか」

「湯瀬、真興どのはきさまに会いに行ったわけではないぞ」

「えっ、さようでございますか」

　直之進は少し驚いて真興を見つめた。

「真興どのは、はなからおきくと直太郎に会いに行かれたのだ。特に、直太郎はまだ幼く、旅が初めてだ。真興どのの命でこの船に乗ったも同然ゆえ、やはり直太郎の様子が気にかかったのであろう」

　ふふ、と真興が苦笑する。

「さすが倉田だ。よくわかっておるな。余はおきくと直太郎の元気な様子を見て、胸をなで下ろした」

「さようでございましたか」

　直之進は感激で胸が詰まった。ろくに奉公もしていない家臣の妻子をここまで案じてくれる主君がほかにいるだろうか。

　そこに、やや歳のいった侍が近づいてきた。真興の側近の一人である。

「殿、迎えの小舟がまいっております」

　そうか、と真興がうなずいた。

「直之進、倉田」

　真興に呼ばれ、直之進は姿勢を正した。

「先にまいる。城で会おう。ちと話がある。落ち着いたら登城してくれぬか」

　少し深刻そうな顔で真興が告げた。

「はっ、承知いたしました」

直之進は頭を下げた。佐之助も、わかりもうした、と答えた。

唯兵衛と歳のいった家臣とともに、真興が直之進たちの前から姿を消した。

「真興どのの話というのは、いったいなんであろうかな」

首をかしげて佐之助がいった。

「少し気がかりがあるようなお顔をされていたな」

直之進がいうと、うむ、と佐之助が顎を引いた。

「できれば内々に話したいというお顔だった。城に行けば、どんな話かわかるであろう。ここで悩んでいても仕方あるまい」

「その通りだな」

真興から遅れること、およそ四半刻ののち、直之進と佐之助、おきく、直太郎の四人は鱗堂丸を下船した。すでに刻限は六つ半を回っていよう。

船頭の漕ぐ櫓のきしむ音を聞きつつ、直之進は空腹を覚えた。きっと、おきくと直太郎も同じではないか。

湊の近くには、うまい刺身や焼魚、煮魚などを出してくれる店はいくらでもあるはずだ。沼里宿にも、朝餉を供してくれる店は何軒もある。

岸に着いてしまえば、すぐに朝餉にありつけよう。直之進は久しぶりの故郷の味が楽しみでならない。

　直之進たちの乗った小舟の船頭は、いかめしい顔つきをした五十過ぎと思える男だ。

　その表情が気になったか、佐之助が船頭にきいた。

「おぬし、ずいぶん険しい顔つきをしておるな。なにか悩み事でもあるのか。それが普段の顔つきではあるまい」

「えっ」

　驚いたように船頭が佐之助を見返した。

「おわかりになりますかい」

　流れが少しきついところに差しかかったようで、腰を踏ん張るようにして船頭がきいてきた。

「おぬしの目尻には、深いしわができておる。いつもはよく笑う、穏やかな男と見たが」

「ええ、さようでございますよ」

　佐之助を見て船頭がうなずく。櫓を握る手から力がわずかに抜けたのが、直之進にはわかった。

「お侍のおっしゃる通りでございます。酒が入ると泣き上戸になるんですが……。いえ、そんなことはどうでもよろしいですね。それよりも――」

岸まであと五間ほどに小舟は近づいている。

「いま沼里城下を、押し込みどもが荒らし回っているのでございますよ」

「なにっ」

佐之助が驚きの声を発した。直之進も瞠目した。

真興は、そんなことは一言もいっていなかった。むろん、唯兵衛もである。真興が配下から報告を受けていないなどということは、まずあり得ない。

真興の話というのは、このことではないか。

直之進は佐之助と目と目を見交わした。

「押し込みにはだいぶやられたのか」

直之進から目を外して、佐之助がさらにきいた。

はい、と船頭が点頭した。

「沼里屈指の大店(おおだな)が二軒に、宿場の旅籠(はたご)が三軒、やられましてね。死者も出ております」

「死者は何人出たのだ」

間髪容れずに佐之助がきいた。

「六人と聞いております」

「六人もか」

眉を曇らせた佐之助が唇を嚙む。

直之進は、怒りに全身が震えるのを感じた。それまでの平和な暮らしを一瞬で踏みにじられたのだ。

直之進は殺された者たちが哀れでならない。押し込みどもを皆殺しにしたいという衝動がわき上がってきた。

「それから――」

声を低くし、船頭が語を継いだ。

「これはあくまでも噂ではございますが、お武家も何軒か、押し込まれたと聞いております」

「武家までもか」

音をさせて佐之助が息をのむ。

体面(たいめん)を重んじる侍たちは押し込みにやられたとしても、公にすることはほとんどない。

武家が押し込みに襲われたという噂が町に流れているというのは、死者が出るなどして、さすがに隠しきれないからではないか。

「武家は何軒やられたのだ」

「噂にのぼっているのは二軒でございます」

「そうか」

吐息を漏らし、佐之助がうなり声を発する。

「お武家が襲われたという噂が流れたことで、町の者たちは大層、不安を感じております。夜、出歩く者もめっきりいなくなりまして、町は活気を失っております。誰もが、一刻も早く押し込みどもを捕まえてほしいと願っておりますよ」

「うむ、そうであろうな」

小舟が岸に着き、少し揺れた。

「お疲れさまでございました」

櫓を上げて船頭が丁寧に頭を下げる。

「町を荒らしている押し込みは、いつからあらわれたのだ」

小舟を下りようとして佐之助がきいた。船頭が思案顔になる。

「さようでございますね、半月ほど前でございましょうか」

「人数はわかっておるのか」

「十人前後ではないかといわれておりますが、はっきりとしたことは町奉行所でもつかんでいないようでございますよ」

「十人ほどか」

　腕組みをして佐之助がつぶやいた。

「それだけの人数がどこにひそんでおるのか、それもわかっておらぬというのは、どういうことだろう」

　自問した佐之助が顔を上げ、船頭を見つめた。

「は、はい、どうも押し込みどもは神出鬼没のようでございますね。一度は根城を見つけて踏み込んだそうですが、そのときにはすでにもぬけの殻だったとか」

　いかにも残念そうに船頭がいった。

「町奉行所のお役人も、手を焼いているようでございますよ」

「押し込みどもは、東海道をどこからか流れてきたのか。船頭、そんな噂はあるか」

　佐之助にきかれて、船頭が感心したような顔になる。

「お侍、よくおわかりになりますね。はい、そういう噂は確かにございますよ。

いま沼里にいる押し込みどもは、東海道沿いの宿場の旅籠や城下の商家を次々に襲いつつ、今は沼里で荒稼ぎをしようとしているのではないかといわれております」

「沼里で最後に襲われたのはどこだ」

「噂では、お武家のお屋敷ということになっております」

「ふむ、武家か。それはいつの話だ」

「おとといの晩と聞いております」

「襲われた武家の名はわかっておるのか」

「いえ、さすがに御名までは出てきません。ただ、添地町のほうのお屋敷ではないかといわれております」

　それを聞いて佐之助が直之進を見た。直之進は顎を引いた。

「うちの屋敷は西条町にある。添地町は隣町だが、まずまずの禄をいただいている侍が多く住んでいる」

「そこそこ富裕な侍というわけか。そのくらいのほうが、押し込みどもにとっては狙いやすかろう。家を守るべき家臣も、さしておらぬであろうし」

　独り言のようにいって目を転じ、佐之助が再び船頭を優しげに見やる。

「いろいろ話を聞けて助かった」

「いえ、そのようなことはよいのでございますが……。あの、お侍方はいかにも腕がお立ちになりそうでございますが、ちがいましょうか」

期待のこもった瞳で、船頭が直之進と佐之助を交互に見る。

「まずまず立つと思うが。おぬし、俺たちに押し込み退治に一肌脱げとでもいうすか」

「はい、おっしゃる通りでございます」

我が意を得たりとばかりに、船頭が大きく首を縦に動かした。

「押し込みどもが手前どものような貧乏人を襲うとは思いませんが、今のままでは枕を高くして眠ることができません。どうか、押し込みどもを退治してくださいませんか。お代がいるとおっしゃるのなら、手前どもでなんとかいたします」

「代などいらぬ」

すぐさま佐之助が答えた。すでに、やらねばならぬと佐之助が思っているのが直之進にはわかった。

「あの、ではお願いできるのでございますか」

「これから城で殿さまに会う。そのときやってもよいか、きいてみよう」

れた。

「えっ、お殿さまに……」

この二人の侍はいったい何者だろう、と船頭が思っているのが、直之進には知れた。

「殿さまの許しが出たら、俺たちが押し込みどもを退治してやる」

「ああ、さようでございますか。どうか、よろしくお願いいたします」

深々と腰を折る船頭と別れ、直之進たちは湊から道を北に取った。

二

肩を並べて歩く佐之助がきいてきた。

「湯瀬、ところで朝餉はどうする」

「倉田、腹が空いたか」

「空いた」

「では、そのあたりで食べていくとするか。湊近くならば、魚を食べさせる店はいくらでもある」

「それはうれしいな。沼里なら、江戸よりずっと魚がうまいにちがいあるまい」

「いや、倉田。あまり期待せぬほうがよいぞ。正直、江戸のほうがうまいと思うことが、この俺にもあるゆえ」

「おっ、そうか。江戸前の魚はなかなか美味ゆえ、そういうこともあるかもしれぬ」

佐之助が自慢するようにいった。

湊近くに位置する市場町に、直之進たちは足を運んだ。この町には、魚を食べさせる飯屋が多く集まっている。

一軒だけだが、鰻屋もある。

冨久家という店である。さして広くはない店で、十五人も入れば一杯だが、紛れもなく名店だ。

冨久家の鰻の蒲焼きを思い出したら、途端に押し込みのことが直之進の頭から飛んでいき、よだれが出そうになった。

鰻の身はふっくらやわらかく、臭みなど一切ない。ほどよい甘みの醬油だれが、鰻の脂のうまさを引き立てる。伊豆国で取れるわさびで食べる白焼きも極上の逸品である。

直之進は小上がりに座り込んで鰻丼を食したものだが、あれはまちがいなく至福のひとときといってよかろう。

人のよい店主と、丸顔で目がくりっとして、いつも笑っている女房の顔が懐かしく思い出される。

――沼里にいるあいだに、必ず一度は食べに行かねばならぬ。

直之進は決意の杭を深く心に打ち込んだ。

――おきくと直太郎だけでなく、倉田にも食べさせてやろう。倉田は冨久家の鰻のうまさに、きっと仰天するであろう。

その顔を見るのが、直之進は待ち遠しくてならない。

「おっ、どの店もひどく混んでおるな」

狭い道沿いに並ぶ飯屋の群れを眺めて、佐之助が目を丸くした。

うむ、と直之進はうなずいた。

「旅人とおぼしき者もずいぶん来ておるようだな」

「宿場のほうで、飯屋が開いておらぬのではないか」

「押し込みを恐れてか」

「そういうことだ」

「これではなかなか飯にありつけそうにないな」

「朝餉でしたら私がつくります」

顔を上げたおきくが、直之進と佐之助に向かって告げた。

「お屋敷に行けば、お米くらいはあるのでございましょう」

おきくが直之進に問う。

「あるとは思うが……。しかしおきく、これから食事をつくるとなると、けっこうな手間だぞ。船旅で疲れてもおろうし」

「いえ、大丈夫です」

力強い声でおきくが答えた。

「疲れないようにと、お殿さまが私たちに船をご用意してくださったのではありませんか。おかげさまで私はぐっすり眠ることができ、疲れはまったくありません」

「本当か、まことに疲れておらぬのだな」

強がりをいっているのではあるまいな、と直之進は思い、おきくの顔をじっと見た。

顔色は悪くない。つやつやしている。二日も船に揺られた者のようには見えなかった。

「もしおきくがつくってくれるのなら、ありがたいこと、この上ないのだが」

「つくります」

断ずるようにおきくがいった。

「わかった、任せよう」

直之進は折れるように口にした。

「ということだが、倉田」

顔を向けて直之進は佐之助に話しかけた。

「飯が炊けるまで、空腹を我慢できるか」

ふふ、と佐之助が小さく笑った。

「そのくらい我慢できぬで、どうするのだ。子供ではないのだぞ」

「そうか。我慢できるか。よし、倉田が構わぬのであれば、屋敷に行くことにしよう」

歩き出す前に直之進は、おきくがおんぶしている直太郎をのぞき込んだ。

ぐっすりと眠っている。頰を触っても、目を覚ましそうにない。

「相変わらずよく寝ているな」

よくこれだけ眠れるものだ、と直之進は感心するしかない。

直之進を見つめて、おきくがにこりとする。

「ぐずりもせずにいつもおとなしく眠ってくれて、こういうときは本当に助かります」

直之進たちは、武家屋敷が集まる西条町を目指した。

「腹ごしらえをしたら、湯瀬、そのあとは城に行くのだな」

確認するように佐之助がたずねてきた。

「そうだ。殿にお目にかからねばならぬ」

「湯瀬、押し込み退治のことはどうする。真興どのに相談するのか」

「相談せずには済まされまい。沼里の安寧のために、俺は押し込みどもをなんとしても捕縛したい」

「そうか、きさまもやる気か」

佐之助は、舌なめずりするような顔になっている。

その顔を見て直之進は、気の毒に、と思った。むろん、押し込みどもに対してである。

佐之助と戦うくらいなら、地獄の鬼どもを相手にしたほうがよほどいい。佐之助と対峙した押し込みどもは、いったいどのような運命をたどるのか。

——死にたくなければ、さっさと沼里を逃げ出したほうがよいぞ。

直之進は心中で押し込みどもに語りかけた。

案の定というべきか、城下にあまり人の姿はなく、どこか閑散としていた。

「やはり、戸を閉めている商家が多いようですね」

直太郎をおんぶしながらおきくが直之進にいった。

うむ、と直之進は顎をこくりと引いた。

「皆、押し込みどもを恐れているとみえる」

「よっぽどひどく荒らし回っておるのであろうな」

もともと沼里は平和な町だ。人心は穏やかで、とても過ごしやすい。

そんな町を恐怖に陥れている押し込みどもが、直之進は心の底から許せなかった。

——必ず退治してやる。

直之進は改めて決意した。

道を北に進んでしばらくすると、東海道に出た。

大勢の旅人が賑（にぎ）やかに歩いている。この光景は普段と変わりない。

しかし、どこかひっそりとして見えるのは、東海道沿いにある店が、ほとんど戸を閉めているからだろう。

　魚を焼いたり煮たりしているにおい、ほうじ茶や焼団子の香り、蕎麦切りやうどんのだしを煮出しているにおいも、まったくしてこない。

「これでは旅人も難儀だろう」

　首を振り振り佐之助がいった。

「知っておる者は湊近くの店に行けばよいが、知らぬ者はどうにもならぬな。軽く小腹を満たそうにも、食べさせてくれる店がないのは辛いぞ」

「市場町に飯屋が集まっていることを知らぬ者は、空腹を我慢して次の三島宿、原宿まで行くしかないか」

　かわいそうに、と直之進は思った。

「店の者も早く再開せぬことには、日々の暮らしにも響いてくるはずだ」

「旅人たちが落としてくれるはずの金が入らぬのでは、確かに死活に関わってこよう」

　どこからか、怒鳴り合う声も聞こえてきた。

　その言い争いから察するに、どうやら駕籠舁き同士が、客を奪い合っているようだ。

この駕籠舁き同士の喧嘩も、本を正せば押し込み騒ぎへの不安が高じたために起きたのではあるまいか。

誰かが仲裁に入ったのか、すぐに騒ぎはおさまったらしく、怒鳴り合う声は聞こえなくなった。

直之進は、よかった、と思った。こんなつまらぬことで怪我人が出たら、馬鹿馬鹿しいことこの上ない。

うーむ、と歩きつつ佐之助がうなり声を漏らした。

「町奉行所が、まだ押し込みどもを捕まえられぬことが、この町の雰囲気を不穏なものにしておるな」

眉根を寄せて佐之助がいった。

「それは、町人たちが御上を信頼しなくなったということか」

「そうともいえるな。御上の無力さが伝わると、なんだこんなものか、と頼りにしなくなるからな」

「ほかにも、不穏な雰囲気が醸成されるわけがあるか」

「自分の身は自分で守らなければ、という気持ちが前に出すぎると、人は殺気立ち、喧嘩っ早くなるものだ」

「なるほど、そうかもしれぬ。とにかく、押し込みどもをとっ捕まえることが先決だな」

「そういうことだ」

やがて道は西条町に入った。

――ああ、帰ってきたな。

生まれ育った町に戻り、直之進は感懐が身を包んだのを感じた。

開けられた門の前に、一人の男が人待ち顔で立っている。

「あれは――」

振り分け荷物を担ぎ直して、直之進は足早に近づいた。

「欽吉ではないか」

湯瀬家の下男である。直之進の留守をたった一人で守ってくれている。

「お帰りなさいませ」

やってきた直之進たちを見て満面の笑みになり、欽吉が辞儀した。

「欽吉、久しいな」

直之進は声をかけた。

「欽吉、俺たちが帰ってくるのを知っておったのか」

江戸から文を書いたところで、自分たちのほうが先に沼里に着くのはわかっていた。だから、直之進は欽吉に戻ることは伝えていない。

「はい、お城のお殿さまがお知らせくださいました」

「殿からの知らせだと。欽吉、それはいつのことだ」

まぶたを伏せ、欽吉が首をひねる。

「あれは、十日ばかり前でございましょうか」

――まだ殿が沼里にいらっしゃるときではないか。

その時点では真興は寛永寺での御前試合のことは、将軍から知らされていないはずだ。

奏者番就任の一件で、老中や将軍に会うために江戸に赴かなければならないことはわかっていただろうが、そのとき江戸にいる直之進を一緒に沼里に連れ帰ろうと、真興は考えていたということか。

――いや、そうではないな。

すぐさま直之進は心中で否定した。

――殿は、すでにどこからか御前試合のことは聞き及んでおられたのだろう。正式な話を千代田城において、上さまからうかがったにちがいない。

遠国では、すでに予選がはじまっているという話だったではないか。そういうところから、噂が入ってきても不思議はない。

「殿」

おきくや直太郎、佐之助と挨拶をかわした欽吉が直之進を呼んだ。

「おなかがお空きではございませんか」

「実はぺこぺこだ」

腹をさすって直之進は答えた。

「ならば、すぐにお上がりください。そういうこともあろうかと、朝餉の用意をしてございますので」

「おお、欽吉、気が利くな」

直之進たちは門をくぐり、屋敷に入った。荷物を置いた直之進たちは、欽吉にいわれた通り、台所横の部屋に入った。

そこには四つの膳が並べられていた。

さっそく炊き立てと思える飯が櫃から盛られ、膳の上に置かれた。味噌汁の具はわかめである。

あとは納豆に卵焼き、漬物という献立だ。

あの、と床板に両手をついた欽吉が直之進たちにいった。

「せっかくお帰りになられたのに、なにもご用意できず、本当に申し訳ございません」

「いや、そのようなことはない」

欽吉を見つめて佐之助がかぶりを振った。

「納豆に卵焼きまでついておるではないか。十分だぞ」

「さようでございますか。江戸のお方には物足りないかと思いまして」

「なにをいう。豪勢な食事といってよい」

「豪勢でございますか」

欽吉が破顔する。

「それはまた、大層なお褒めようにございますな」

直之進たちはさっそく食した。

故郷の米の味が、じんわりと口中に広がり、直之進は幸せを感じた。

目を覚ました直太郎には、おきくがさじでご飯粒を小さな口に運んでいる。満足そうに口を動かしているのが、直之進にはかわいくてならなかった。

食事を終えた直之進は、佐之助とともに着替えをした。真興と会うのに恥ずかしくない服装である。

それからおきくと直太郎、欽吉に別れを告げ、沼里城に向かった。

大手門の前で門衛に止められたが、真興から話が通じていたようで、すぐに城内に入ることができた。

大手門を入ってすぐのところは、三の丸である。沼里城で最も広い曲輪（くるわ）だ。

三の丸の最も北に門がある。二の丸門である。この門を抜けると、真興が起居する二の丸御殿がある。

直之進たちは、破風（はふ）が設けられた玄関に入った。

見上げるような宏壮な建物だ。

貧乏といわれる沼里家に、これだけの建物があることが直之進には信じがたい。

遠侍（とおさぶらい）に通されて待っていると、酒川唯兵衛があらわれ、お待たせしました、といった。

側近の者がここまでやってくるとは、思わなかった。唯兵衛にまた会えてうれしかったが、直之進は目を丸くするしかなかった。

「真興どののそばを離れてもよいのか」

唯兵衛を見つめて佐之助がたずねる。

「この御殿内に不穏な空気は流れておりませぬ。それに、殿がそれがしにお二人を迎えに行ってまいれと、お命じになりましたので」

「確かに、この御殿に不穏な空気は漂ってはおらぬが」

軽く首を振って佐之助がつぶやいた。

遠侍を出た直之進と佐之助は、唯兵衛の案内で長くて暗い廊下を歩いた。足の裏がひんやりと冷たい。

御殿の中はとても涼しい。夏は過ごしやすいものの、冬は凍えるほどに寒い。

次に唯兵衛が足を止めたのは、対面の間の前である。

「殿、湯瀬さま、倉田さまがお見えにございます」

中に向かって呼びかけてから、唯兵衛が襖を開けた。

敷居際で一礼して、直之進と佐之助は対面の間に入った。

一段上がった上座に真興が座していた。脇息にもたれている。すでに新しい着物に着替えている。月代（さかやき）もしっかり剃（そ）られ、青々と輝きを帯びているように見える。

「二人ともよく来てくれた」

穏やかな笑みを浮かべて、真興が直之進たちに目を当てる。

「唯兵衛、内密の話ゆえ、我らの声が聞こえぬところまで下がっておれ」

「はっ、承知いたしました」

襖を閉めた唯兵衛は廊下を歩いていったようだ。足音が遠ざかり、聞こえなくなった。

「二人に来てもらったのは、ほかでもない。話というのは――」

笑みを消して、真興がわずかに身を乗り出した。小声になる。

「押し込みのことだ」

やはり、と直之進は思った。横にいる佐之助も深いうなずきを見せた。

「なんだ、二人とも驚かぬな。聞き及んでおったか」

「はい、鱗堂丸から乗り移った小舟の船頭から話を聞きました」

「おう、そうであったか」

「殿、沼里をお発ちになるとき、お心が落ち着かなかったのではございませぬか」

直之進がきくと、うむ、と真興がため息まじりにうなずいた。

「できれば、押し込みどもが荒らし回っているこの時期に、沼里を離れたくはなかったのだが……」

「しかし、ご老中のお呼びでは仕方ございませぬ」

顔を上げ、真興が直之進を見つめてきた。

「公儀に弱味を見せたくはなかったのでな。それに幕府の要人は隙を見せると、つけ込もうとする者たちばかりだ。下手をすれば取り潰しになりかねぬ」

「殿、我が家も取り潰しになりましょうか。我が家は譜代の名門といってよい家柄でございますが」

「名門かもしれぬが、そんなことは歯牙にもかけぬ者はいくらでもおる。なにかへまをすれば、我が家も例外ではない」

「それは十分に考えられる」

佐之助が真興を見つめていった。

「領内を治める力量なしなどと難癖をつけて、取り潰そうとする輩は、いつの世でもおるゆえ」

「倉田、公儀の悪口はこのくらいにしておこう。どこに耳があるかわからぬゆえな」

それがよいでしょう、といって佐之助が肯んじた。

「真興どの」

すぐさま佐之助が厳かな口調で呼んだ。

「便船を使ってまで湯瀬を沼里に連れてきたのは、跳梁している押し込みどもを退治してほしいとのお考えがあったからですかな」

「そういうことだ」

真興が首肯した。

「十日前に、湯瀬家の留守を預かる欽吉に直之進が戻ると伝えたのは、必ずや直之進が引き受けてくれると踏んでいたからだ。だが、直之進に会う前に、殿中で将軍家から御前試合の話を聞かされた余は、押し込みの話を直之進にする必要はないと考えたのだ」

そのあとを、佐之助が引き受けるように続けた。

「御上覧試合の東海予選は沼里で行われる。沼里の代表として湯瀬が選ばれるのは当たり前のことだった。だが、酒川唯兵衛が名乗りを上げた」

その通りだ、といって真興が笑った。

「しかし、それは大勢に影響せぬことは余にはわかっておった」

「では、真興どのは湯瀬が必ず酒川に勝つと確信がおありだったか」

「むろん。唯兵衛はひじょうに強いが、さすがに直之進ほどの強さはない。直之進に勝つには、相当の経験が必要であろう」

「その酒川に押し込み退治の指揮を任せようとはお考えにならなかったのですか」

「唯兵衛は今も申した通り、腕はひじょうに立つ。しかしながら、実戦の場数が足りぬ。余はそれを危ぶんだ」

「もしかすると殺されてしまうのではないかと思われたのだな」

「そういうことだ」

真興が深くうなずいた。

「唯兵衛は沼里の宝になれる男だ。余の勝手な考えだが、押し込みごときの手にかけさせたくはない」

「酒川唯兵衛は押し込み退治をやりたがったのではありませぬか」

「さよう。だが余は、町奉行所に任せよと押しとどめた」

「それはよいお考えでした」

「沼里に戻ったとき、押し込みどもが捕まっておればと願うておったが、残念ながら捕縛はされておらなんだ」

「武家も襲われているというのは、まことですか」

「本当だ。これまでに三軒もやられておる。そのうちの一軒は、家老の屋敷だ」

「なんと――」

佐之助が絶句する。直之進も言葉を失った。あの船頭は、二軒の武家が押し込まれたといっていたが、実は三軒だったのだ。商家や旅籠などを合わせると八軒にものぼる。

「二人でやってくれぬか」

真興が憂いを帯びた表情でいった。

「承知いたしました」

畳に両手をそろえ、直之進は平伏した。佐之助も深くこうべを垂れている。

「なにか知りたいことがあれば、町奉行にきいてくれ。話は通しておくゆえ」

「承知いたしました」

直之進は、佐之助とともに真興の前を辞した。必ずやってやるという決意を胸に、長い廊下を進んだ。

城外に出たとき、佐之助がぽつりとつぶやいた。

「妙日寺（みょうたんじ）に行きたい」

「妙旦寺だと」

直之進は驚いた。妙旦寺は湯瀬家並びに千勢の実家の菩提寺である。

「なにゆえだ」

「藤村円四郎の墓がある」

直之進はとっさに声が出なかった。

「倉田、調べたのか」

「ああ、前にな」

「そうか。ならば、まいろう」

妙旦寺は、沼里城の南側に広がる寺町にある。いつも線香の香りが漂い、しわぶきすらも聞こえない静けさが一帯を覆っている。気持ちを落ち着けたいときに行くと、よいところである。

妙旦寺の山門をくぐった。寺務所で閼伽桶と柄杓を借り、線香を買った。

直之進は佐之助とともに墓地に入った。おびただしい墓石が立ち並び、数え切れないほどの卒塔婆が天を衝いている。

直之進は佐之助の横顔を見つめた。

「藤村どのの墓がどこかわかっているのか」

「わかっておる」

「それも調べたのか」

「そうだ。この寺の者に文で問い合わせた。丁重な返事があった」

相当の布施を弾んだのではないか、と直之進は思った。

閼伽桶を手に佐之助が進みはじめた。そのあとを直之進はついていった。

十間ほど進んだところで、佐之助が足を止めた。目の前の墓に見入っている。

藤村家、と墓石に刻まれている。

「ここだ」

墓をじっと見つめながら佐之助がいった。

「うむ」

うなずいた直之進は佐之助から閼伽桶を取り上げた。

「どれ、水を汲んでこよう」

閼伽桶を手に直之進は右手にある水場に行った。

佐之助はじっと目をつぶったまま、黙り込んでいる。

水を汲んで藤村家の墓の前に戻ってきた直之進は、なにも佐之助に話しかけなかった。

かつて佐之助は殺し屋だった。金をもらって人殺しを請け負っていたのだ。

今の佐之助からは、とても想像がつかない。

直之進自身、真剣をもって佐之助と死力を尽くして戦ったことがあるが、あれは幻か夢だったとしか、今は思えない。

どのくらい黙りこくっていたか、やがて佐之助が目を開けた。

「謝った」

ぽつりと佐之助がつぶやいた。

倉田佐之助という男は信頼に値する者だ、と直之進は今はかたく信じている。

第三章

一

物音が聞こえた。
その音で、夢が消える。
直之進は一気にうつつに引き戻された。
――くそう、まだ眠いのに、うるさいなあ。いったい誰だ。
直之進はうなり声を上げそうになった。
物音はいまだに続いている。
――あれは、雨戸を開ける音か。
うつらうつらしつつ直之進は考えた。
――もう朝がきたということなのか。

きっとそうなのだろう。

寝床に横になったのはつい先ほどのように思えるが、朝がきたのも覚えず泥のように眠ったということは、やはり江戸からの船旅が、こたえているという証なのだろう。

いったい誰が雨戸を開けているのか、と直之進は考えた。

——欽吉だろう。いや、そうではないな。

欽吉は、湯瀬家の庭先に建てられた離れのような小屋で一人、暮らしているのだ。

直之進が留守にしているあいだは風を入れるためにこの母屋に何度も入っているだろうが、直之進が帰ってきた今、勝手に足を踏み入れて雨戸を開けはしないだろう。

——それとも、おきくがもう起きたのか。

目を開けて確かめるまでもなく、直之進は二つの穏やかな寝息を聞いた。

おきくと直太郎は、そばでともにまだぐっすりと眠っている。

それに、もしおきくが起き出して寝所を抜け出したのなら、直之進は気配で覚ったはずだ。そのときに目覚めなければおかしい。

──だとしたら、残るは一人だ。

直之進はまだ目を開ける気はない。とろとろとした感じを味わっていたかった。

──倉田は、まったく起きるのが早いな。

直之進は苦笑するしかない。

佐之助には昨日、南側の庭に面している八畳間を使うようにいったのだ。

それとも、と考え直して直之進は寝床で首をひねった。

──雨戸を開けているのは、もしや倉田ではないのか。まさか、押し込みがやってきたのではあるまいな。

だが、音がしているほうから剣呑な気配は漂ってこない。

それでも、念のために直之進は枕元に手を伸ばし、刀に触れた。

刀を手元に引き寄せようとして、ふととどまった。

雨戸を開け終えたのか、物音が聞こえなくなったのだ。

──ふむ、静かになったな。

直之進はほっと息をついた。

──やはり、今のは倉田だったか。これで、もう少し眠れるな。

直之進は深い吐息を漏らした。

――いや、もうそんなに早くはない刻限なのだろうか。

直之進は考えた。

――もしや、とっくに夜は明けているのか。

ここで初めて直之進は目を開けた。

寝所は真っ暗である。東側の雨戸の節穴や隙間から入り込んでくる光は、一条も見当たらない。

――ということは、やはりまだ夜明け前なのだな。

なんとなくだが、七つ頃なのではないかという感じがする。

七つならば、と直之進は思った。あと半刻は眠ってもよいのではないか。

そのとき、今度は殺気のようなものが直之進の肌を包み込んだ。

――なんだ、これは。

すぐさま直之進は目を開け、素早く寝床に起き上がった。

――やはり押し込みだったか。

刀を手にするや、直之進はいつでも引き抜ける姿勢を取った。

おや、と直之進はすぐに首をかしげた。

――これは殺気ではないな。
どうやら気合の類のようだ。
――これは、倉田が発しているものではないか。
どういうことか、直之進は考えた。
――なるほど、そういうことか。
すぐに直之進は合点がいった。
おそらく庭に出た佐之助が刀を握り、一人で素振りをしているのだろう。
渾身の気合を込めて、刀を振り下ろしているのだ。
それが大気を伝わって直之進のもとに届いているのである。
――さすがに、すさまじいとしかいいようがない腕前だな。
佐之助がいるはずの庭は、ここから十間近くは離れている。
その距離を超えて、殺気と紛うばかりの強烈な気合が、びんびんと響いてくるのだ。
倉田佐之助という男は、相変わらず巨大な気の塊の持ち主だ。
それにしても、と直之進は思った。
――これだけの気合がここまで届くというのは、倉田の無念さのあらわれではないか。きっと倉田も出たくてならぬのであろうな。

御上覧試合の予選に出られない鬱憤を、佐之助は刀を振り下ろすことで発散しているのではあるまいか。

静かに立ち上がり、直之進は着替えをはじめた。

夜目は利くから、着替えに不自由さは感じない。

やはり船旅の疲れが出ているようで、直之進が物音をさせても、おきくはまったく目を覚まそうとしない。

直太郎は、母に抱かれて眠ることの幸せを満喫しているように見えた。

佐之助の気合は今も激しく続いているが、母子ともに、なにも感じていない顔だ。

――人によくいわれるように、やはり直太郎は図太いのかもしれぬな。

とにかく、素直でまっすぐな子に育ってほしい。

直之進の願いはそれだけだ。

両刀を腰に差し、直之進は障子戸を横に滑らせた。一尺ほど開いたところですると体を入れ、廊下に出た。

音もなく障子戸を閉める。

廊下を南のほうへと向かい、すぐに角を右に曲がる。

三間ばかり先の雨戸が開いていた。

歩を進めた直之進は、雨戸から顔をのぞかせ、真っ暗な庭を透かし見た。

黒い人影が大木のそばに立っている。刀らしい物を上段に構えていた。

あれは紛れもなく真剣だろう。佐之助の差料である。

刀を上段に構えた佐之助の姿勢はぴたりと決まり、我知らず見とれてしまうような佇まいである。

——あれだけの構えができるようになるのに、いったいどれだけ研鑽を積んだのだろうか。それとも、やつのことだ、大して時をかけることなくあの域まで達したか。

佐之助の体に気合がみなぎるのを、直之進は感じた。大気が一気に重くなった。

——まるで押し潰されそうだな。

直之進がそんなことを思ったとき、佐之助が刀を振り下ろした。

あたりはまだ暗闇に覆われているとはいえ、直之進の目にもまったく刃筋が見えなかった。

佐之助はすでに刀を上段に戻している。

——さすがとしかいいようがないな。すごいものだ。

佐之助は無言を貫いているにもかかわらず、直之進の耳には、えいやっ、という声が届いたように感じられた。

その無言の気合は、直之進の体を揺り動かさんばかりの強烈さだった。

佐之助の目がちらりと動いた。その眼差しが直之進を捉えたのが知れた。

一拍置いて、まじめな顔を崩すことなく、佐之助が刀を下ろした。刀尖が下を向く。

「湯瀬、ようやく起きたか」

いわれて直之進は苦笑いした。

「おぬしに起こされたのだ」

「いつまでも惰眠を貪っていられても困るゆえ、きさまだけに届くように、先ほどから気合を発しておったのだ」

「俺だけに届くようにか」

「おきくや直太郎、欽吉だけでなく、近所の者を起こすわけにもいかぬでな」

「確かにその通りだろうが」

しかし、と直之進は思った。惰眠とはなんともひどいいいようではないか。

「おぬしの気合が届く前に、雨戸を開ける音で目が覚めたぞ」

「雨戸を派手に開けるわけにはいかなかったが、雨戸の音だけでは、きさまは起きてこなかった。こうして起きたのは、やはり俺の気合のおかげだろう」

刀を鞘におさめ、佐之助が近づいてきた。沓脱石のそばに立ち、直之進をじろじろと見る。

「ふむ、もう着替えを終えておるな。よいことだ」

「それにしても……」

顎に手を当て、直之進は佐之助にいった。

「倉田、沼里に着いたばかりだというのに元気がよいな」

「当然だろう」

胸を張って佐之助が答える。

「なにしろ、俺にはつとめがあるからな」

「つとめだと。それは押し込み退治のことか」

「むろん、それもある。押し込みなどに後れを取るとは思わぬが、このところ、真剣を使う機会がなかったゆえ、おのれを鍛え直すには、夜明け前から刀を振るのがよかろうと、寝る前に考えておったのだ」

「ああ、そうだったのか」

ぎろりと瞳を動かし、佐之助が直之進を見つめる。

「まさかきさま、御上覧試合の予選にも出られぬ無念さから、俺が真剣を振りはじめたと思ったのではあるまいな」

「そのまさかだ」

直之進は正直に認めた。

佐之助が苦笑を漏らす。

「まあ、確かにそういう思いがないわけではない。全国から強豪が集う大会に出られぬというのは、やはり悔しいこと、この上ないからな」

「済まぬな、倉田」

直之進は頭を下げた。

「湯瀬、なにを謝るのだ」

「おぬしの気持ちを斟酌(しんしゃく)せず、俺だけが心を浮き立たせていたからだ」

「なに、大会に出るとなれば、心が弾むのは当然のことだ。だが、心を弾ませておるだけでは、湯瀬、強くなれぬぞ」

「それはよくわかっている」

「ゆえに、これから東海大会がはじまるまでの半月のあいだ、俺がきさまを鍛え上げ、勝ち抜けるだけの技量を身につけさせてやる」

佐之助が宣するようにいった。

佐之助の決意のみなぎった表情から、その言葉は誇張でもなんでもないことが知れた。

直之進は自然に身が引き締まるのを感じた。

「倉田、昨日沼里に着いたばかりで、いくらなんでも張り切りすぎではないか」

奔馬(ほんば)をなだめるような思いで、直之進は佐之助にいってみた。

「そんなことがあるものか」

怒鳴るようにいって、佐之助が目尻をつり上げた。

「きさま、東海大会など軽く勝ち上がれると高(たか)を括(くく)っておらぬか」

「いや、そのようなことはない」

あわてて掲げた右手を振って、直之進はすぐさま否定した。

「なにしろ、尾張柳生一の遣い手がやってくるのだからな」

「その通りだ」

大きくうなずいて佐之助が続ける。

「きさまには釈迦(しゃか)に説法(せっぽう)だろうが、尾張柳生は江戸柳生より上といわれておる。尾張柳生こそが柳生新陰流の本流だからな。ということは、尾張柳生は日の本一の強さを誇るといっても過言ではない」

「うむ」

佐之助の迫力に圧されたかのように、直之進は顎を引くことしかできなかった。

「つまり、きさまに日の本一になれるだけの腕がなければ、東海大会を勝ち抜けぬということだ」

「それはよくわかっている」

そのことについては、秀士館において真興から寛永寺での御上覧試合のことを聞かされたとき、よくよく考えたことである。

――それにしても日の本一の腕か……。

下を向き、直之進は沈思(ちんし)した。

――果たして、この俺がこの国で最も強い男になれるのか。

どれほど傲岸(ごうがん)な男でも、そのようなことは思いもつくまい。

いくら稽古に励んでも、自分よりも強い者はこの世にはいくらでもいるのではないか。

にわかに不安が頭をもたげてきた。

沼里の代表など重すぎる。放り投げて江戸に帰ったほうがよいのではないか。

――いや、そんなことはできぬ。

すぐに直之進は思い直し、顔を上げた。

――逃げるわけにはいかぬのだ。俺が望みをくじいた酒川唯兵衛のためにも、東海大会をなんとしても勝ち抜き、寛永寺に行かなければならぬ。それが殿の願いでもあり、倉田の望みでもある。

それを振り捨てて逃げるような真似などできるはずがない。

――立ち向かわねばならぬ。

ここで逃げていたら、この先、困難が立ちはだかるたびに逃げるだけの男に成り下がりそうだ。

――そんなのはごめんだ。

深く息を入れ、直之進は気持ちを静めた。

――俺はやれる。必ず勝てる。

直之進は自らにいい聞かせた。

「よいか、湯瀬」

一筋の光が宿る瞳で直之進を見据えて、佐之助が呼びかけてきた。

「東海大会までのたった半月ほどのあいだに、きさまを日の本一の腕前にしなければならぬのだ。時はないぞ」

「確かにその通りだ」

佐之助の言葉に直之進は納得した。

「その上――」

佐之助がわずかに声を張り上げた。

「俺たちは、跳梁する押し込みどもも退治せねばならぬ」

「そうだ。その任もある」

昨日、真興からじかに頼まれたのだ。腕を磨きたいからと、押し込み退治を放り投げるわけにはいかない。

「よし、さっそく稽古をはじめるぞ。湯瀬、木刀を持ってこい。二本だぞ」

「えっ、稽古は木刀でやるのか」

「当たり前だ」

直之進を見つめて佐之助がいい放つ。

「竹刀などで甘っちょろい稽古をやっても、日の本一の剣士にはなれぬぞ」

「竹刀が甘っちょろいか」

「甘っちょろいさ」

眼差しを厳しくして佐之助がいった。

「湯瀬、その理由を教えてやろうか。いや、教えるまでもないか。きさまは、もう知っておるだろう」

「真剣での戦いは別物だ」

「そういうことだ」

佐之助が深いうなずきを見せる。

「竹刀でいくら熱心に稽古に励もうと、それは結局のところ、竹刀剣法でしかない。それだけでは実戦の役に立たぬ」

強い口調で佐之助が断じる。

実際、そのことは直之進もよくわかっている。

竹刀同士の対戦では相手の間合に深く踏み込むことができる者が、いざ真剣を手にすると、まったく踏み込めなくなることがほとんどなのだ。木刀は竹刀よりも真剣に近い。打ちどころが悪ければ半身不随、死に至ることもある。

木刀や真剣となると、怖さが先に立ち、腰が引けてしまう者も少なくない。

免許皆伝の腕前で、竹刀では敵なしの男がいざ真剣を手にして戦いに臨むと、まったく役に立たないということは、ままあることなのだ。

真剣の恐ろしさを克服し、相手よりもいかに深く踏み込むか。

より深い踏み込みを見せた者が勝つ。

結局は、肝の太さが勝敗を決するといってよいのではないか。

「きさまの強みは——」

真摯な口調で佐之助が語りかけてくる。

「これまで、数限りなく実戦の場数を踏んでおるということだ。多くの修羅場をくぐり抜けた者は、やはり強い。尾張柳生一の遣い手が実戦の経験がある者かどうかわからぬが、大会までにできるだけ実戦に近い稽古を積んでおけば、いざ試合というとき、竹刀での戦いなど児戯に等しくなっておるはずだ」

「そうなってくれたらよいな」

「なるに決まっておるさ」

断言して佐之助が口元に笑みをたたえた。

「おぬしは酒川唯兵衛との戦いの際も、信じられぬ返し技をみせたが、あれも数多（あまた）の実戦経験があったからこそだろう。生きるか死ぬかの瀬戸際を乗り越えた者はちがうのだ。体が思ってもいなかった動きをすることがある。あのときのきさまの返し技も、そういうことだろう」

　そうかもしれぬ、と直之進は思った。あれは実戦での経験が生きたと考えれば、納得がいくというものだ。

「よくわかった」

「よし、では湯瀬、やるとするか」

「うむ、やろう」

　いったんその場から奥の納戸に向かった直之進は、立てかけてあった二本の木刀を手にして佐之助のもとに戻った。

「ほれ」

　裸足（はだし）で庭に下りた直之進は、一本の木刀を佐之助に放った。

　佐之助が受け取り、すぐさま振ってみせる。

「ふむ、なかなかよい木刀ではないか。重さもちょうどよいし、ほどよく釣り合いが取れており、実に振りやすい」

「そうであろう」

佐之助に木刀を褒められて直之進はうれしく思った。

「こっちも見てくれ。この木刀で打ち合ったことはないが、素振りにはずっとこっちを使っていたのだ。幼い頃からの相棒よ」

直之進は自らの木刀を持ち上げて、佐之助に見せた。

佐之助が直之進の木刀をじっと見る。

「確かに、だいぶ使い込んでおるな。手の脂がたっぷりと染み込んでおる割に、どこにも傷がないな」

「大事に使っていたゆえな。これで大木を激しく打ってみたい衝動に駆られたこともあったが、我慢した。長いこと使っているから、俺にはとてもしっくりくる」

「このあまり使われておらぬほうは、俺にぴったりだ。よし、湯瀬、はじめるとするか」

静かな声で佐之助が宣した。うむ、とうなずいて直之進は佐之助の前に立った。

「ああ、湯瀬。俺の覚悟のほどはもう伝わっておるだろうが、一応いっておく」

木刀を構えつつ直之進は気を引きしめた。

「もしきさまが少しでも気の緩(ゆる)みをみせたら、俺は容赦(ようしゃ)なく脳天をかち割ってやる。それだけの気迫でやるのだ。わかったか」

「わかった」

「それくらいの気持ちで稽古に励まぬと、腕は伸びぬ」

そうかもしれぬ、と直之進は思った。

「逆はどうなのだ」

「逆というと、俺が油断した場合か」

「そうだ」

「そのときは、迷わず俺の脳天をかち割ればよい。遠慮はいらぬ」

「よし、承知した」

「きさまが上達するということは、俺の腕も上がるということだ。互いに真剣勝負のつもりで稽古に励もうではないか」

直之進は感動している。

――なんとも素晴らしい男が、同道してくれたものだ。倉田と一緒ならば、俺はもっともっと強くなるにちがいない。

佐之助ほどの腕の男が、この俺のために本気になっているのだ。稽古相手として、これ以上、強くて熱い男は望めないだろう。

——最高の男が俺のそばについてくれている。俺は必ずや尾張柳生一の遣い手を破り、東海大会を制してみせる。

そう直之進は心に誓った。

「だが湯瀬——」

呼びかけてきた佐之助が厳しい目を直之進にぶつけてきた。

「冷や水を浴びせるような物言いになるが、木刀で稽古をしたからといって、必ず尾張柳生一の遣い手に勝てるとは限らぬ」

「うむ、それは承知している」

「尾張柳生一の遣い手だけでなく、ほかにも強敵はぞろぞろおろう。尾張からの難敵に勝利するためには、湯瀬、なにが必要だと思う」

佐之助が問いを投げかけてきた。

「なにか必要な物があるのだな」

「あるさ。きさまは、それを前からほしがっていたはずだ」

首をひねり、直之進は考え込みかけたが、すぐに答えは出た。

「どんな強敵をも、必ず打ち倒せるだけの技――」

「そうだ、きさまには秘剣が必要だ」

きらりと目を光らせて佐之助が直之進をじっと見る。

「おぬしが秘剣を持てば、必ずや東海大会を勝ち抜けよう。尾張柳生一の遣い手にも決して負けぬ」

強い光を瞳にたたえたまま、佐之助が断言した。

「このあいだのきさまと酒川唯兵衛との戦いでは、二人にはそれなりの実力差があった。だがあの戦いの最後の一瞬、勝負が紙一重の差まで際どくなったのは、酒川唯兵衛に必殺剣があったからだ」

「その通りだ」

間を置くことなく直之進は認めた。

首を縦に振って佐之助が言葉を続ける。

「実力差がかなりある者同士でも、その切り札さえあれば、あれだけ競った戦いになるということだ。実力が拮抗している者同士ならば、秘剣という絶技を身につけた者が、必ずや勝利を得よう」

うむ、と直之進はうなずいた。

「倉田、どのような秘剣が考えられる」

「時がほとんどない今、一から秘剣を編み出すのは至難の業だ」

嚙み締めるような口調で佐之助がいった。

その通りだな、と直之進は思った。

「湯瀬、俺に一つ考えがある」

「どのような考えだ」

直之進はすぐさまたずねた。

「酒川唯兵衛が使った必殺剣を、湯瀬直之進の形につくり直して、我が物にすればよいのではないか」

「なるほど」

いい考えだ、と直之進は思った。実際、唯兵衛との試合の直後、あの技を我が物にしたいと強く思ったではないか。

いま思い出しても、あのときの唯兵衛の斬撃は、素晴らしいとしかいいようがない。

もし唯兵衛の動きが緩慢に見えなかったら、まちがいなく直之進は脳天を打ち据えられていただろう。

喉仏を上下させて佐之助が語を継ぐ。

「あれだけの鋭さを誇った酒川の必殺剣といえども、きさまには通じなかった。だが、もしあの技をきさまが自分の形にして使えば、尾張柳生一の遣い手といえども、歯が立たぬであろう」

「さて、どうかな」

直之進は首をかしげた。

「いや、必ず通用するはずだ」

こともなげにいって佐之助が熱弁を振るう。

「あのとき、我らの師範である川藤どののもおっしゃっていたではないか。酒川のあの必殺剣を、直之進がよくよけられたものだと。さらにきさまは返し技まで使ってのけた。師範はびっくりしておられたぞ」

「確かにそうだったな」

思い出して直之進は相槌（あいづち）を打った。

「尾張柳生一の遣い手だったうちの師範が驚かれるくらいだ。東海大会にやってくる尾張柳生の遣い手といえども、もし湯瀬があの左手一本の斬撃を見舞ったなら、まずよけられまい」

「そういうものかな」

「そういうものだ。もちろん、いきなり使っては意味がなかろう。使うのに最も適した瞬間というものが必ずやってこよう。とにかく湯瀬、今はとやかくいっている場合ではない。ほかに手はないのだからな。もしあるというのなら、今のうちにいっておけ」

いや、といって直之進はかぶりを振った。

「俺には、それらしい手は一つとして浮かんでおらぬ。秘剣のことなど、考えてもおらなんだ」

直之進は佐之助に向かってうなずいた。

「よし、では酒川の技をきさまの形にしていくことで、湯瀬、異存はないな」

直之進を凝視し、佐之助が念押ししてきた。

「それでよい」

直之進ははっきりと答えた。

「よし」

満足げに佐之助が点頭した。

「ところで湯瀬、酒川の技は当地の流派のものだったな」

「そうだ、雲相流という流派だ。二天一流の流れを汲むといわれている」

　そこまで話して直之進はぴんときた。

「そうか、雲相流の道場に出向けば、あの必殺剣をじかに見られるかもしれぬな。倉田、一度、足を運んでみるか」

　だが、案に相違して佐之助が首を横に振った。

「いや、やめておこう」

「なにゆえ」

「確かに、一度行ってみるかと思ったのは事実だ。だがな、湯瀬が雲相流の道場に出向いたことを、知られるのが怖い」

「誰に知られるというのだ」

「東海大会の対戦相手に決まっておろう」

　いわれて直之進は首をひねった。

「雲相流の道場に行ったことが、相手に伝わるものか」

「おぬしが沼里の代表になったことは、早晩知れよう。となれば、他家の監視の目が必ずつくと考えるべきだ。雲相流の道場での稽古の中身も、筒抜けになる恐れがある。ゆえに、出向くのはやめておいたほうがよい」

「なるほど、そういうことか」

「湯瀬、納得したか」

「うむ、納得した」

間を置かずに佐之助が口を開いた。

「それに、あの酒川の左手一本のみの斬撃は、俺の脳裏にこびりついておる。改めて見ずとも、よくわかっておる。大丈夫だ」

確かにな、と直之進は思った。どのような姿勢で唯兵衛が竹刀を振るってきたか、直之進もありありと思い出せる。

「ところで倉田、尾張柳生には秘剣はあるのだろうか」

直之進は佐之助にいってみた。

「そうだな、あるかもしれぬな」

腕組みをして佐之助が答えた。

「俺はもともと幕臣ゆえ、柳生新陰流をみっちりとやった口だが、通っていた道場には秘剣らしいものはなかったと思う。もし尾張柳生に秘剣が伝わっているとしても、俺たちに知るすべはない」

「師範はどうだろうか」

「師範か」

唇を湿して佐之助が続ける。

「尾張柳生一の遣い手だっただけに師範なら知っておられるかもしれぬが、きっと、正々堂々やれ、とおっしゃるのではないか」

川藤仁埜丞の性格ならば、そうかもしれない。

「もし仮に、師範が秘剣について教えてくださったとしても、尾張柳生一の遣い手が、まったく異なる秘剣を繰り出してきたら、どうなる。きさまはお手上げだぞ」

「まことその通りだな」

直之進は同意した。

「実際、あるかどうかわからぬ尾張柳生の秘剣などに、あれこれ時を割いている暇はないな」

「その通りだ。では湯瀬、自分たちの技をひたすら磨くことに専心しようではないか」

「それがよかろう」

直之進は同意した。

木刀を握り、佐之助の前に進む。佐之助が首を横に振った。

「湯瀬、立ち合うのはまだ先だ。まずは、左手のみで右手と同じように木刀を振れるようにしようではないか」

「それは、二天一流の教えだな」

「そういうことだ」

「何度振る」

「そうさな、一万回だ」

佐之助がさらりといったから、直之進は驚いた。

「い、一万回か」

「少ないか」

「いや、そんなことはない。ちょうどよいのではないか」

「では、やるか」

佐之助が左手で木刀を持ち上げた。直之進もそれにならった。

それからかけ声をかけつつ、直之進は佐之助とともに木刀を振りはじめた。

二

ぶるぶると震える左手で、直之進は木刀を持ち上げた。
ようやく木刀が頭上に上がった。
「よし、湯瀬、こ、これが最後だ」
佐之助を見ると、同じように左手がひどく震えていた。
佐之助の呼びかけに、言葉を返すことができない。うなずくだけで精一杯だ。
最後の力を振り絞り、直之進は木刀を振り下ろした。
ついに一万回の振り下ろしが終わったのだ。
息がぜいぜいと切れている。喉が熱い。
左肩がひどく痛くなっていた。左手の震えが止まらない。
踏んばり続けた両足も全体が痛くなっている。背中の左側にも痛みが走っている。
「く、倉田、大丈夫か」
息も絶え絶えに直之進はきいた。

「……だ、大丈夫だ」

佐之助は木刀を杖代わりにして、荒い呼吸を繰り返している。

しばらく直之進は無言でいた。佐之助も話しかけてこない。

ようやく息が落ち着いてきたのを感じ、直之進は佐之助を見た。

佐之助も同様に落ち着きを取り戻し、汗まみれの顔に笑みを浮かべていた。

「しかし湯瀬、左手一本での振り下ろしが、こんなにきついものとはな」

まったくだ、と直之進は答えた。

「両手での振り下ろしなら、一万回くらい、なんてことはないが」

「やはり人の体というのは、手足が二本ずつ、目も二つあることから、左右で均衡が取れるようにできておるのだな」

合点がいったように佐之助がいった。

「うむ、どうやらそうらしい」

直之進は同感である。

「ところで湯瀬、今は何刻だ」

顔を向けて佐之助がきいてきた。

「さあ、よくはわからぬが、二刻ほどは振り続けていたのではないのか」

「二刻か。だとしたら、今は五つを過ぎたくらいか」

「そのくらいだろう」

あたりはすっかり明るくなっており、太陽はすでに高いところにあった。

「倉田、汗を流すか」

「水浴びができるのか」

「当たり前だ。冷たい水をたたえた井戸がある」

直之進たちは庭の隅にある井戸に向かった。

「ほう、これか」

首を伸ばし、佐之助がしげしげと中をのぞき込む。

「どれどれ。ああ、本当だ、たっぷりと水が溜まっておるな」

「冷たくて気持ちよいぞ」

佐之助は手ぬぐいも持たずに下帯一つになって水を汲み上げた。釣瓶(つるべ)を引っ繰り返してばしゃばしゃと水を浴びる。

「まこと、沼里の水は冷たい」

「うむ、夏でも冷たいからな。西瓜(すいか)を冷やすのにちょうどよいぞ」

「なるほど。しかし湯瀬、沼里の水は実にうまいな。こんなうまい水が湧いてお

ると は、なんともうらやましい限りだ」

「本当かどうかはわからぬが、富士の雪解け水が地中に染み込み、それが長いときをかけてこのあたりにも湧き出しているという話だぞ」

「そうか。富士の湧き水とは豪勢な話ではないか」

「うむ、ゆえに沼里の者はな、富士山には常に感謝の思いを抱いて暮らしている」

「それはよい心がけだ」

そこに、直太郎をおんぶしておきくがやってきた。

「おはようございます」

直之進と佐之助に丁寧に挨拶した。

「うむ、おはよう」

直之進と佐之助はおきくに挨拶を返した。

「これをどうぞ」

おきくが手ぬぐいを渡してくれた。

「おう、これはありがたい」

直之進は拝むようにして受け取った。

「かたじけない」

佐之助は辞儀してから手ぬぐいを手にした。気持ちよさそうに体を拭きはじめる。

「富士の湧き水で水浴びをしたかと思うと、気持ちよさが弥増すな」

「倉田はうれしいことをいってくれる」

体の節々は痛んでいるが、直之進の顔は自然にほころんだ。

その後、母屋での朝餉となった。

腹が空いているからがつがつと食べたかったが、直之進は茶碗を持つ手が震え、箸がうまく合わせられない。

それは佐之助も同じである。

「まいったな」

難儀しつつも直之進は一杯の飯と納豆を食べ終えた。

「おきく、おかわりをくれ」

「いえ、なりませぬ」

申し訳なさそうにおきくが断った。直之進は驚いておきくを見つめた。

「なにゆえおかわりをくれぬ」

「食べ過ぎは禁物だからだ」

横から佐之助がいった。

「なに」

どういうことか、直之進は覚った。

「なんだ、倉田の差金なのか」

「差金とは人聞きが悪いが、まあ、そういうことだ」

佐之助があっさりと認めた。

「倉田、なにゆえこのような真似をするのだ」

「今もいった通りだ。食べ過ぎは体によくない。つまり、こたびの勝負に影響をもたらすということだ」

「大会まで半月もあるぞ」

「それがどうした。確かに空腹感で勝負に身が入らぬのはよくないことだ。ゆえに徐々に体を慣らしていかねばならぬ。いったん体が慣れてしまえば、空腹を感じることもあるまい。湯瀬、唯兵衛と立ち合ったときのことを思い出せ。おぬし、空腹だったおかげであのような返し技を出せたのだ。これから毎日、食事の量は減らしていくぞ」

なんと、と直之進は暗澹とした。

——好きなだけ飯が食えぬのか。

そういえば、と直之進は思い出した。昨日、夕餉が終わったあと佐之助はおきくと欽吉を呼び、顔を寄せ合ってなにやら話し込んでいた。

漏れ聞こえてきた内容から、食事のことを話しているのはわかったが、あれは直之進の食事の量を減らすことを相談していたのか。

「これから半月、我慢できるであろうか」

途方に暮れた思いで、直之進はぽつりとつぶやいた。

「我慢しろ」

容赦なく佐之助がいった。

「しかし……」

「東海大会を勝ち抜くためだ。見事に勝ち抜いた暁には、なんでも好きな物を腹一杯食わせてやる」

なに、と直之進は思った。

「倉田、俺は鰻が大好物だ。鰻でもよいのか」

「ああ、鰻飯でもなんでも好きなだけ食わせてやる」

「鰻は高直だぞ。まことに好きなだけ食べてもよいのか。倉田のおごりか」

「高直といっても知れていよう。鰻飯くらい、いくらでも馳走してやる」

「そうか、そいつは豪毅だな。楽しみでならぬぞ。倉田、鰻はおきくにも食べさせてくれるのか」

「もちろんだ。何杯でもかまわぬぞ。だがな、湯瀬。その代わり、この半月のあいだ、間食もするな」

「わかった。決して間食はせぬ」

「それでよい」

佐之助が満足そうにうなずいた。

「湯瀬、ところでいつ出かける」

「押し込みの探索か」

その言葉を聞いて、おきくがちらりと直之進を見る。

佐之助が、おきくのことを気にする素振りを見せた。

「湯瀬、おきくどのには押し込みのこと、話したのか」

「昨夜、話した。俺たち二人が探索することも話してある」

「それにしては、おきくどのは平然としておるな」

　おきくを見つめて佐之助が感心したように首を振る。

「おきくどのはやはり肝が据わっておるのだな」

「いえ、そういうことではありません」

　笑っておきくが否定する。

「やめてといったところで、うちの人は結局、危ないところに吸い寄せられるのです。それは運命なのです。運命ですから、心配そうな顔をしても仕方がないのです」

「それは、あきらめているということか」

　おきくを見て佐之助が問いを重ねる。

「あきらめとはちがいます」

　おきくが首を横に振った。

「私は、この人がどんなに危ない目にあっても、命を失わないと信じています。私たちのもとに必ず帰ってくるのがわかっているからこそ、平気な顔でどこにでも送り出せるのです」

　口を閉じて、おきくがにこりとする。

「やはりおぬしは図太いな」

佐之助がおきくを褒めたたえる。

「女にしておくのはもったいない」

「でも、私は女に生まれてきて心からよかったと思っていますよ。こんなかわいい子を産むことができて、とても幸せです。この子を産んだときのうれしさは、これまで生きてきて一番でした」

「また産みたいか」

「もちろんです。一人っ子では直太郎がかわいそうですし、またあの幸せな気分を味わいたいですから」

「そうか。子を産むときは痛いという話しか聞かぬが、そんなに幸せなのか」

「はい、女に生まれた喜びここにあり、という感じです」

「そんな話を聞くと、うらやましい気もしてくるが」

佐之助が言葉を切った。

「俺はまた生まれ変われるのなら、そのときも男がよいな」

俺も同じだ、と直之進は思った。ほとんどの男は、たいていまた男に生まれたいと考えるものだ。

首を伸ばして、佐之助が直太郎の顔を見る。

「この子が図太いのは、きっとおきくどの譲りなのだな」

「そうかもしれぬ。俺の血よりも、おきくの血を濃く引いたのであろう」

直之進も直太郎に目をやった。

「それで湯瀬、どうする。今から探索に出かけるか」

「いや、今すぐはやめておこう」

直之進はかぶりを振った。

「倉田、少し眠らせてもらえぬか」

「そうか、船旅がきいたか。どのくらい寝るつもりでおる」

「一刻でよい」

「一刻か。では、切りよく正午に出かけるとするか」

「うむ、それでよい」

直之進はうなずいた。

「では、ちょっと一眠りしてくる。おきく、寝過ごすわけにはいかぬゆえ、もし俺が正午前になっても起き出してこなかったら、起こしてもらえるか」

「承知いたしました」

人妻らしいゆったりとした笑みを浮かべて、おきくがはきはきと答えた。

「必ず起こします。安心してお眠りください」

「かたじけない」

立ち上がり、直之進は台所の隣の部屋を出た。佐之助も一緒に出てきた。

「では、正午にな」

佐之助が自室に引き上げた。佐之助もこれから眠るのかもしれない。

腹が満たされないままに、直之進は自室に戻った。

障子戸を閉じる。それだけで部屋はけっこう暗くなった。

布団は敷かず、直之進はごろりと畳の上に横になった。腕枕をする。

秀士館の門人たちに常にいっているが、休息を取るのは、とても大事なことだ。

激しい稽古のあと休息を取ることで、体は前よりも強くなる。直之進には経験からわかっていることである。

休むことなく続けて稽古をするほうが体はずっと鍛えられるような気がするが、そういうものではない。

一万回の左手のみの振り下ろしのあと、休息をしっかり取れば、体はさらに強靱なものになるにちがいない。

直之進はそっと目を閉じた。

――ああ、気持ちよいなあ。

やはり、と眠りに引き込まれるのを覚えつつ、直之進は実感した。故郷というのはとてもよいものだ。

こうしてのんびりすることなど、江戸では滅多にないのではないか。

江戸では、なにかに追われるように常にあわただしく動いているような気がする。

――江戸で暮らし続けると、ずっと早く歳をとることになりそうだな。

いつかは江戸での暮らしを終え、沼里に戻ってくることになるのだろうか。

それでもよい、と直之進は思った。

――そのほうが人らしいのではないか。

そんなことを考えているうちに、直之進はいつしか眠りに落ちていた。

三

障子戸が開いたような気がした。

誰かが入ってきた。

眠りながらも、直之進は身構えようとした。

「あなたさま」

声をかけてきたのは、おきくである。

寝返りを打ち、直之進は仰向けになった。目を開ける。

「おきく、もう昼か」

ずいぶんと早い。もう一刻も経過したのか。まだほんの四半刻も、たっていないように感じる。

「いえ、そうではありません」

そばに端座したおきくが首を横に振った。

「あなたさまに、お客さまがお見えです」

「客とな」

直之進は身を起こした。

「どなただ」

「新美謙之介さまというお方で」

その名を聞いて直之進は首をかしげた。

「新美謙之介どの……。知らぬな」

本当に知らぬ男なのか、直之進は改めて考えてみた。

やはり、その名に覚えがなかった。

直之進はおきくを見つめた。

「その新美謙之介どのというのは、どのようなお方か」

「どのようなといわれましても……、旅姿でございますよ」

旅姿か、と直之進は思った。江戸から来たのだろうか。

それとも、どこかよその地で会ったことがあったか。

しかし、どう考えても、まったく記憶にない名である。

「その新美どのは、まちがいなく俺を訪ねてきたのだな」

「はい、あなたさまのお名を出され、お目にかかりたいとおっしゃいました」

おきくが心配そうな眼差しを直之進に注ぐ。

「会うのは、おやめになりますか」

いや、と直之進はいった。

「確かに知らぬ者ではあるが、せっかく俺を訪ねてきたのに、会いもせずに門前払いするわけにはいかぬ」

体はまだ痛んでいたが、すっくと立ち上がるや、直之進は部屋を出た。廊下を進もうとして、直之進は立ち止まった。

背後にいるおきくに目を当てる。

「新美どのを座敷に通すことになるかもしれぬ。欽吉にすすぎの水を玄関に持ってくるようにいってくれぬか」

「はい、承知いたしました」

直之進は、玄関に向かった。

玄関には一人の侍が立っていた。供らしい者もいない。

まだ若い。

といっても、すでに三十に近いだろうか。直之進より少し歳下であろう。

侍の顔にはどこか茫洋（ぼうよう）とした感じがあったが、やはり見覚えがない。

背丈は五尺三寸ほどか。背筋の伸びた姿勢はとても美しく見えた。

——これは、相当の遣い手だな。いったい何者だろう。

心中で首をひねりつつ、直之進は式台に降りた。

「それがし湯瀬直之進です」

頭を下げてから直之進は名乗った。

それを聞いて新美謙之介という侍が、ぱっと花が咲いたような笑顔を見せた。

「湯瀬どのですか。お目にかかりたかった」

——なんとも無邪気な笑い方をする御仁だな。

直之進がそんなことを思ったとき、謙之介という侍が丁寧に辞儀した。

「湯瀬どの、お初にお目にかかります。それがし、新美謙之介と申します。どうか、お見知り置きを」

そういって深々と頭を下げた。格式ある家の育ちらしく、うわべだけでない礼儀正しさを感じさせた。

——お初に、か。やはり俺は初めて会うのだな。

いまだになにゆえ謙之介が訪ねてきたのか、理由がわからない。

直之進は、謙之介に遠慮のない眼差しをぶつけた。

「それで新美どの、御用は」

「ああ、用は一つです」

謙之介が明快な口調で答えた。

「それがし、湯瀬どのにお会いしたかったのです」

——俺に会うことが用とは、どういうことなのか。

「新美どのは、どこでそれがしのことをお知りになったのですか」

とりあえず直之進はきいてみた。

「それがしは尾張名古屋からまいりました」

謙之介がそんなことをいったから、直之進は驚いた。

「えっ、名古屋からいらしたのか」

「はい。湯瀬どのは、ご当地で天下一の剣士を決める大会の予選が開かれることをご存じか」

「ええ、存じております」

「さようか。沼里はもしや湯瀬どのが代表でござるか」

「さよう」

「ああ、やはり」

謙之介がうれしそうに笑った。

「もうおわかりかと存じますが、それがしが尾張徳川家の代表でござる」

「では、予選に出るために沼里にいらしたのですね」

「そういうことです」

そういって謙之介が胸を張った。

――なんと、この男が代表か。

直之進は目をみはるしかなかった。

つまり、眼前にいる若い侍は、尾張柳生一の遣い手ということになるのだ。

この男といずれやり合うのだと思うと、直之進は胸がどきどきしはじめた。

深い呼吸をして、昂(たかぶ)りを静めようとした。

「湯瀬どの、どうかされましたか」

「ああ、いや、なんでもない」

直之進はごくりと唾を飲み込み、まじまじと謙之介を見た。

まさかこんなに早く尾張代表と会うことになろうとは、夢にも思わなかった。

「あの、玄関で立ち話もなんですから、お上がりくだされ」

「かたじけない」

丁重に謙之介が辞儀する。

ちょうど欽吉が、水の入ったたらいを持ってきた。

「これはありがたし」

謙之介が欽吉にも丁重に礼をいった。見ていてとても気持ちのよい男だ。

「ここに腰かけてもよろしいですか」

直之進を見つめ、謙之介が式台を指さしている。

「もちろんです。どうぞ、遠慮なくおかけになってください」

かたじけない、とまたいって謙之介が式台に腰を下ろした。草鞋を脱ぎ、足を洗いはじめる。

「手前がいたしましょうか」

欽吉が申し出たが、謙之介は笑顔で断った。

「いや、けっこうでござるよ。お手前のお手を煩わせるのは悪うござる。それに、それがしは部屋住の身ゆえ、幼い頃から自分で洗うのに慣れておる」

——尾張柳生一の遣い手は部屋住なのか。

直之進は意外な気がしたが、もっとも、遣い手が当主というのも、逆に珍しいのかもしれない。

当主や跡継よりも、部屋住のほうが圧倒的に数は多いだろう。特に、尾張徳川家のような大大名はそうなのではないか。

「ああ、さっぱりした」

手際よく足を洗い終えた謙之介が破顔した。濡れた足を、懐から取り出した手ぬぐいで拭き上げていく。

「新美どのは今日、沼里に着いたのですね。荷物はいかがされた」

直之進は謙之介にきいた。

「ああ、旅籠に置いてまいりました」

「では、これから大会当日まで旅籠に泊まられるのか」

「そのつもりでござる」

それはさぞかし出費が大変だろうな、と思ったが、考えてみれば、逗留にかかる費えは主家が出してくれるはずだ。

「どうぞ、お上がりください」

直之進は謙之介をいざなった。

「では、遠慮なく」

一礼して謙之介が式台に立った。

「どうぞ、こちらに」

直之進は謙之介を先導しつつ廊下を歩いた。

「こちらにどうぞ」

直之進は謙之介を客間に案内した。

「失礼します」

敷居際で頭を下げてから、謙之介が客間に入った。

直之進もあとに続こうとしたが、そのとき廊下の向こう側から佐之助が姿をあらわした。足早に直之進に近寄ってくる。

直之進も少し足を進ませた。

直之進のすぐそばまで来ると、佐之助が顔を近づけ、低い声できいてきた。

「玄関での話が俺の耳に届いたが、まこと尾張柳生の者なのか」

佐之助が、形のよい顎を客間に向かってしゃくってみせる。

「どうやらそうらしい」

直之進もささやき声で返した。

「その者が、急に湯瀬に会いに来たのだな。理由は」

「それは、これからだ」

「俺も同席してもよいか」

「構わぬのではないかと思うが、一応、新美どのにきいてみよう」

直之進は客間の前に戻り、端座している謙之介に目を当てた。

「新美どの、それがしの友垣（ともがき）もともに話を聞きたいと申しておるのだが、よろしいか」

それを聞いて謙之介が目を輝かせる。

「もしやその友垣とおっしゃるのは、倉田佐之助どのではありませぬか」

なんと、と直之進はまたも驚いた。

――倉田のことも知っているのか。

「もちろん、同席してくださって構いませぬよ。それがし、倉田どのにもお目にかかりたかったものですから」

目を転じ、直之進は佐之助を見た。

「ということだ。倉田、新美どのに承知していただけたぞ」

直之進は佐之助とともに客間に足を踏み入れ、謙之介の前に座した。直之進の隣に佐之助が座る。

「倉田どのですね」

うれしそうにいって、謙之介が佐之助に向かって名乗った。

当惑気味に佐之助も名乗り返した。

「それがし、倉田佐之助と申す」

――ほう、いつも冷静な倉田が戸惑うとは、珍しいこともあるものよ。

そのことが、直之進には少しおかしく感じられた。

ちらりと佐之助が直之進を見る。にらみつけるような顔をしていた。

——相変わらず怖いな。

直之進は笑みを消した。

「お茶をお持ちしました」

障子戸の向こう側からおきくの声がした。

「入ってくれ」

直之進がいうと、障子戸が開き、おきくが顔を見せた。

「失礼いたします」

盆の上に三つの湯飲みがのっている。直之進たち三人の前に茶托を置き、その上に蓋のついた湯飲みを手際よくのせていく。

「湯瀬どののご内儀でござるな」

「はい」

おきくが謙之介の前に端座する。

「きくと申します。どうか、お見知り置きを」

「ああ、それがしはもうおきくどのに名乗りましたね」

「はい、先ほど玄関でうかがっております」

　おきくが謙之介に向かってにこりとする。

「では、これにて失礼いたします。ごゆっくりどうぞ」

　盆を手におきくが出ていった。障子戸が音もなく閉まる。

「ご内儀はお美しい方でござるな。それがしは独り身ゆえ、うらやましゅうてなりませぬ」

「尾張柳生一の遣い手が、まだ独り身か」

　佐之助が意外そうにいった。

「こたびの大会で勝ち抜き、東海の代表の座を勝ち取れば、家中から婿入りの話があるやもしれませぬ。なにしろ、それがしは九人兄弟の末っ子でござるゆえ、なかなか順番が回ってこぬのでござるよ」

　謙之介が苦笑する。

「九人兄弟の末っ子……。それは大変でしょうな」

　直之進には想像もつかない。

「よく九人とも育ったものと、それがしはそちらのほうに感心してしまいますよ」

「兄上たちも尾張柳生の遣い手なのですか」

「いえ、それがしを含めた下の三人はまずまず強いといえましょう。しかし、上のほうの兄たちは大したことはありませぬ」

「さようか」

謙之介が晴れ晴れとした顔つきになった。

「しかし、ようやくお二人にお目にかかれて、それがし、感無量でござるよ」

しみじみとした口調で謙之介がいった。

「しかし新美どのは、なにゆえ我らのことをご存じなのですか」

一番に知りたいことを、直之進は問うた。もっとも、すでになぜなのか、理由はわかっている。

もし謙之介が直之進だけを知っているのなら、見当がつかなかったかもしれないが、佐之助のことも知っているとなると、答えは一つしかない。

「湯瀬どのは、川藤仁埜丞さまのことをご存じですね」

謙之介が直之進にきいてきた。

「むろん。川藤どのは、それがしの師匠ですから」

やはり川藤どのの筋であったか、と思いつつ直之進は顎を引いた。

「川藤さまから、秀士館には素晴らしい腕前の弟子が二人おると、うかがっております」

謙之介がにこやかにほほえみ、続けた。

「湯瀬どのとそれがしは、相弟子（あいでし）ということになりもうす」

「では、新美どのにとっても川藤どのが師匠なのですね」

「そういうことでござる」

謙之介が子供のような笑顔になる。

「ところで川藤どのは、新美どのが尾張徳川家の代表になったことをご存じであろうか」

「いえ、ご存じないでしょう」

直之進がたずねると、謙之介がきゅっと眉根を寄せた。

「さようか」

ええ、と謙之介がいった。

「それがしが代表に決まったのは、つい最近のことでござる。一応、それを知らせる文を川藤さまに送りましたが、まだ江戸にその文は届いておらぬのではないかと思います。ゆえに、川藤さまは、それがしが代表となったことは、ご存じではないでしょうね」

「そうなのですか。知ったら、さぞ喜ばれるのではありませぬか」

「喜んでくださったら、それにまさる喜びはありませぬ」

それにしても、と直之進はいった。

「新美どのは、なにゆえそれがしたちがいま沼里にいることをご存じだったのですか」

「そのことでござるか」

間を置くことなく謙之介が話し出す。

「もし湯瀬どのが江戸にいらっしゃるのなら仕方ないな、と思いつつ、それがしはこちらを訪ねてみたのです。川藤さまから、湯瀬直之進どのは沼里家中のお方という文をいただいたことがあるのです」

「それで、今日、我が屋敷にまいられたのですね」

「そういうことでござる。川藤さまの弟子である以上、湯瀬どのこそが沼里一の遣い手。沼里の代表として、この地に戻っておられると、それがしはにらんでおりもうした。となれば、秀士館の龍虎といわれる倉田どのも、湯瀬どのときっとご一緒であろうと……」

「俺が湯瀬の手助けをするのは、自明のことだからな」

「湯瀬どのは沼里の代表であるのと同時に秀士館の代表でもございましょう。その湯瀬どのを勝たせるために、必ず倉田どのがおそばにつかれるはずと、それがしは考えておりもうした」

「確かにその通りだな」

佐之助が首を縦に振った。

「しかし川藤どのは、おぬしのことは、俺たちに一言もいっておらなんだ。それが俺には不思議だ」

「川藤さまは――」

少し寂しげにいって謙之介が言葉を切った。

「まさか、それがしが尾張徳川家の代表になろうとは、夢にも思っていらっしゃらぬと思います」

「それはなにゆえだ」

間髪容れずに佐之助がきく。

「川藤さまから手解(てほど)きを受けていた頃のそれがしは、稽古についてゆくのがやっとでござったゆえ」

「ほう。だが今では尾張柳生の代表となった」

「さようにござる」

謙之介が点頭する。

「それがしは、ここ二年ほどで腕を上げたのでござる」

「なんと、たった二年でですか」

身を乗り出して直之進はたずねた。

「はい。ですが別に、川藤さまの後についた師匠が素晴らしかったわけではありませぬ。川藤さま以上の師匠はこの世におられませぬゆえ」

それについては、直之進も同感である。

茶を喫して謙之介が話を続ける。

「二年ばかりで腕を上げたのは、それがし自身で新陰流の技に新味を加えたからにござる」

「新陰流の技に新味を……」

直之進はつぶやいた。すぐに謙之介が語を継いだ。

「いったいどのような新味を加えたのか、今度の大会を前にして、それがしの口からはいえませぬが」

直之進たちに問われるのをかわすかのように、謙之介が先んじていった。

――まちがいなく秘剣であろうな。

直之進は心中でうなずいた。ひと言も口を挟まずに聞いている佐之助は無表情ではあるが、すでにどういうことか、覚っているはずだ。

――この新美謙之介という男は、柳生新陰流の秘剣を持っているのだ。

いや、自ら技を工夫したという以上、新たに秘剣を編み出したのだろう。

――その秘剣を用いて、新美どのは尾張徳川家の代表の座をもぎ取ったのだ。

並み居る尾張柳生の遣い手たちは、その秘剣の前にすべて敗れ去ったということになる。

尾張の柳生新陰流の猛者たちですら、敵し得なかった秘剣である。

――いったいどんな秘剣なのか。

興味は引かれるが、事前に知ることはできまい。

――いや、俺は知らずともよい。今度の戦いの場で打ち破るしかない。俺は俺で、左手一本の斬撃に磨きをかけるしかないのだ。

そう考えたら、直之進の心は落ち着きを取り戻した。

「新美どのは一人で来られたのか」

直之進は、話の矛先を変えた。

「旅籠からは一人でまいりもうした」

「尾張からは」

「十人ほどの者と一緒でござる」

「それはお供の方ですか」

「いえ、お目付のような人たちでござるよ」

「お目付……。その人たちはいま旅籠にいるのですか」

「そうでござろう。旅の疲れを取っているはずでござるよ」

さようか、と直之進はいった。

「しかし、まだ大会まで半月ほどあるというのに、ずいぶん早くいらっしゃいましたね」

ええ、と謙之介が首肯する。

「とにかく、万全を期してここ沼里での大会に臨みたいと思ったのでござる。早めに沼里入りして、水や食事だけでなく、この地の風土すべてに慣れておきたいと思ったのでござる」

「さようか」

——この周到ぶりは、やはりすごいとしかいいようがないな。

御三家筆頭は心構えがちがうのだ。直之進は感嘆するしかない。

さすがに容易ならぬ、と改めて思った。

――案の定、尾張柳生一の遣い手は並々ならぬ覚悟で沼里にやってきたのだ。東海代表の座を、必ずその手につかむつもりでいる。だが、俺は決して負けぬぞ。

直之進はかたい決意を胸に刻みつけた。

――俺はこの男に必ず勝つ。勝ってみせる。

「今なら腕は互角でしょうか」

不意に謙之介がつぶやくようにいった。

「互角というと――」

問い返しながら直之進は、謙之介がなんのことをいっているのか気づいた。

「もしや新美どのと、それがしのことですか」

「さようにござる。それがしは互角とみましたが、ちがいましょうか」

「俺も腕は互角とみた」

横から突然、佐之助がいった。

「竹刀でやり合ったら、勝負はなかなかつかぬだろう。だが、新美どのには秘剣があるようだ。その分、新美どのが有利かな」

「湯瀬どのには秘剣はないのでござるか」

あっけらかんとした口調で、謙之介がきいてきた。

「今のところはない」

すぐさま佐之助が謙之介に伝えた。

「今のところは、ということは、もしや——」

「その通りだ。大会には間に合わせようと思っておる」

「それは楽しみでござる」

謙之介は輝くような表情をしている。本心から楽しみにしていることが知れた。

「もしそれがしに不利な点があるとしたら」

顔を引き締めて謙之介が口にした。

「それがしには、実戦の経験があまりないということでござろう。川藤さまから、湯瀬どのは用心棒をしていらしたとうかがっておりもうす。となれば、湯瀬どのは実戦経験が豊富なのでござろう」

「この男、場数は相当、踏んでおる」

ごまかすことなく佐之助が告げた。

「しかし、おぬしも実戦の経験はあるはずだ。経験がないのではなく、あまりないといったからな」

はい、と謙之介がうなずいた。

「実はそれがし、一年半ほど前に上意討ちの討手に選ばれましてな」

「上意討ちの討手……」

直之進はつぶやいた。

「さよう」

そのときのことを思い出して唇が乾いたのか、謙之介が茶を飲んだ。

「おぬし、大役を果たしたのか」

「大役かどうか。それがしたちはそのとき全部で五人おりもうした」

謙之介が話しはじめた。

「我が家中のさる家臣が、閉門の処分を受けたのでござる。それがしたちは、その家臣の屋敷に乗り込みもうした」

直之進は黙って謙之介を見つめている。佐之助もなにもいわず耳を傾ける風情である。

　また茶を飲んで謙之介が言葉を続けた。

「その家臣は家中ではかなりの遣い手として知られておりもうした。閉門の処分を受ける数日前、その家臣は、酒に酔った家中の者に斬りかかられもうした。その家臣は刀を奪ってことをおさめようとしたのでござるが、そのとき酔った者に怪我を負わせてしまったのでござる」

「それで閉門にされたのか」

「さよう。実際のところ、その家臣は、酔った者に大した傷を負わせたわけではありませんでした。ところがその怪我がもとで、酔った者は翌日の昼、医者の手当の甲斐なく死んでしまったのでござる」

「血を見ただけで、死んでしまう者も中にはおるからな」

「おっしゃる通りです。それでその家臣は閉門になったのでござるが、死んだ男の内儀の兄が側用人でござった。おそらく、あることないこと殿に吹き込んだのでござろう。結局、傷を負わせた家臣が殺したと断じられ、切腹の沙汰が下りもうした」

「それはまた理不尽よな」

　腹立たしげに佐之助がいった。

「切腹を命じられた家臣も、倉田どのと同じ思いだったようでござる」

「では、その家臣は切腹を拒んだのだな」

「さようにござる。それがしも事情を聞いて、その家臣に同情しておりもうした」

また茶を飲もうとして謙之介が、自分の湯飲みが空であることに気づいた。

「これをどうぞ」

口をつけていない湯飲みを茶托ごと、直之進は謙之介の前に滑らせた。

「かたじけない。では、遠慮なく」

うれしそうに湯飲みの蓋を取り、謙之介が茶を喫した。

「さすが駿河、茶どころだけのことはありもうすな。沼里の茶は実においしい」

「茶は駿府（すんぷ）のほうがはるかに有名ですが、沼里は水がいいのですよ。そのために茶がひときわおいしくなるのです」

「水がいいのはうらやましい。名古屋はあまりよくないものですから」

「なんでも、沼里の水は富士の湧き水だそうだ」

横から佐之助が口を添える。

「富士の湧き水でござるか。それは素晴らしい。茶がおいしいのも納得できもうす」

謙之介が湯飲みを茶托に戻した。

「上意討ちの話でしたね。切腹を命じられたにもかかわらず、その家臣が拒んだことで、殿が激高されたのでござる。それで、家中から選抜された五人が、討手として差し向けられたのでござるよ」

「結果は」

佐之助が声を低くしてたずねた。

「それはひどいものでござった」

首を振り振り謙之介が答えた。

「なにしろ、それがし以外の四人は、あっという間に殺(や)られてしまったのでござる。四人とも血の海に沈んでしまいもうした」

そのときのことが脳裏によみがえったか、謙之介がぞくりと身を震わせる。

「さようか」

不意に直之進は喉の渇きを覚えた。だが、茶はない。今は我慢するしかない。

「湯瀬、これを飲め」

直之進の顔色から喉の渇きを察したか、佐之助が湯飲みを回してくれた。

「よいのか」

「構わぬ。飲め」

「では、遠慮なく」

直之進は湯飲みを手にし、茶を飲んだ。

直之進が湯飲みを茶托に置いたのを見て、謙之介が言葉を続ける。

「実は、それがしも危うく斬られそうになったのでござる。しかし、こんなところで死ぬものか、と必死の思いで刀を振るったら、いつの間にやら相手の家臣のほうが血を流して倒れておりもうした。それがしには斬ったという感触はまったくありませんでしたが、がむしゃらに深く踏み込んでいったことだけは覚えておりもうす」

どこか心ここにあらずといった様子で謙之介がいった。

「とにかく、恐怖を抑え込んで、相手の懐に深く入り込まねばならぬということを、それがしはそのとき学びもうした」

――そうか、この男は人を斬ったことがあるのか。

しかも深く踏み込むことが勝利につながることを身をもって知っている。

――やはり容易ならぬ。

直之進は改めて思った。

おそらくその上意討ちを境に、謙之介の腕は急激に伸び、秘剣を会得するに至ったのではあるまいか。

直之進はそんな気がしてならない。

「ところで――」

話題を変えるように謙之介がいった。

「それがしは先ほど宿の者に聞いたのでござるが、当地では押し込みが跳梁しておるとか」

「その通りだ」

佐之助が肯定した。

「俺たちはこれから押し込みどもを捕らえに行かねばならぬ」

「なんと、さようにござったか」

驚きの目で謙之介が佐之助と直之進を見る。

「実は、いっとき名古屋でも押し込みどもが町を荒らし回ったことがございましてな」

「えっ、名古屋でも。まことか」

直之進は、膝を乗り出した。

「そやつらは捕まったのですか」

「いえ」

無念そうに謙之介がかぶりを振った。

「いまだに捕まっておりませぬ。捕吏たちは必死に追いかけたと聞きましたが、押し込みどもは逃げおおせたようでござる」

「それは残念ですね」

「いかにも」

すぐに謙之介が続ける。

「その押し込みどもは名古屋だけでなく伊勢や三河、遠江でも跳梁していたようにござる」

「では、いま沼里にいる押し込みどもは、東海道を東に下ってきたのですね」

「おそらく諸国を荒らし回ったのと同じ押し込みどもではないかと存ずる」

確信のこもった口調で謙之介がいった。

「押し込みどもを捕らえるとのお話でござるが、それがしも加えてくださらぬか」

謙之介が頼み込んできた。

直之進は佐之助に眼差しを投げた。佐之助が、別によいのではないか、という顔を向けてきた。

「倉田は構わぬようです。それがしも同じ意見です。新美どののような遣い手が一緒なら、心強い」

「いえ、それがしなどがおらずとも、湯瀬どのや倉田どのは、押し込みどもを必ずや捕らえることでしょう。ただそれがしは、その瞬間を目の当たりにしたいのでござるよ。もちろん、少しくらいの手伝いはいたします」

言葉を切った謙之介が、あの、と小さな声で直之進にいった。

「厠はどちらでござろうか。お茶をいただきすぎたか、それがし、ちと小用を足したくなりもうした」

「ああ、でしたら、それがしが案内いたしましょう」

「いえ、それには及びませぬ。場所を教えてくだされば、それがしは一人で行けもうす」

「それなら――」

直之進は、厠がどこにあるか謙之介に伝えた。謙之介がほっとした顔になった。

　かたじけないと頭を下げて謙之介が客間を出ていった。

　障子戸が閉じられる。謙之介の足音が徐々に遠ざかっていく。

　ふふ、と佐之助が笑いを漏らした。

「倉田、なにがおかしい」

　すぐさま直之進はきいた。

「新美どのは、押し込みを捕らえる手伝いをしたいといったが、押し込み相手とはいえ、実戦で腕を磨きたいのであろう。それに、大会がはじまるまで、まだ日にちがある。退屈しのぎのつもりもあろうが、なにより体をなまらせたくないのだろう」

「なるほど、そんな狙いもあるのか」

「それと、最大の敵となるはずのきさまの腕を見ておきたい。それが一番の理由だと俺は思うぞ」

「我らも、新美どのの腕を見られるかもしれぬのだな」

「その通りだ。新美どのがあらわれたおかげで、押し込みどもを捜し出し、捕縛するのが楽しみになってきたな」

愉快そうに佐之助が笑った。

四

おきくのつくった昼飯を腹に入れた。

それから直之進たちは、三人で町奉行所に出向いた。

すでに真興から話は通じている様子で、直之進たちは応接の間にあっさりと通された。

樺山富士太郎のいる江戸の南町奉行所には何度も足を踏み入れたことはあるが、沼里の町奉行所に入るのは、直之進は初めてである。

応接の間で待っていると、町方役人と思える者があらわれた。

江戸の町方同心と同じく、黒羽織を着ている。袴を穿かない着流し姿というのまで、江戸と同じである。

「それがし、大久保順三郎と申す。どうか、お見知り置きを」

直之進たちは口々に名乗った。

「湯瀬どのに倉田どの、新美どのでござるな。ご足労かけもうす」

三人の侍が押しかけてきたことに驚いたようだが、順三郎はそのことを態度にあらわさなかった。

「上の者から、なんでもお話しするよう命じられております。それがしが例の押し込みを探索しております。それで、お三方は、押し込みのどのようなことをお知りになりたいのですか」

身を乗り出すように順三郎がきいてきた。

「では、まず押し込みどもの手口など」

さっそく直之進はたずねた。

「商家の塀を乗り越えて敷地に侵入し、雨戸を音もなく開けて中に入り込むという手口です」

「雨戸を音もなく開けるのですか」

「雨戸を軽々と外してしまうといういい方のほうが正しいですね」

「雨戸を外すのですか」

「なにかそのための道具があるのかもしれませぬ」

直之進は軽く咳払い(せきばら)した。

「押し込みは何人ですか」

「はっきりとしたことはわかりませぬが、十人ほどではないかと思われます」

「十人も……。押し込みどもがどこにひそんでいるのか、今はまだわからぬのですね」

「さよう」

無念そうに順三郎がうなずいた。

「領内だけでなく、領外にも手を広げておるのですが、まったく引っかかってきませぬ。いったいやつらはどこにいるのか」

順三郎がため息を漏らした。

「必死の探索を続けておるのですが、なにも手かがりはない。皆、とことんまいっておるのですよ」

「そうでしょうね」

直之進は同情せざるを得なかった。

「武家にまで押し入ったと聞きましたが、まことのことですか」

直之進は新たな問いを発した。

「まことのようです。武家は我らの管轄ではないゆえ、はっきりしたことはわからぬのですが」

「ああ、そうでしょうね」

武家の担当は目付になる。

「なんでも、ご家老の屋敷にまで押し入ったという話です」

「死者は」

「幸いにも出なかったようですね。ただ、二百両もの金を奪われたようですよ。これも正直、正確な額かどうか、はっきりしませぬが」

もっと奪われたかもしれないのだ。

「家老屋敷が襲われたのはいつのことです」

「三日前です」

そういえば、小舟の船頭が武家屋敷が押し込まれたといっていたが、家老屋敷のことだったのだ。

「これまでに武家も合わせて、何軒が押し込みにやられたのですか」

「商家が二軒、旅籠が三軒、武家も三軒です」

「どのくらいの日にちを置いて、押し込みどもは商家や旅籠を襲っているのですか」

「たいてい三、四日置きです」

「でしたら、次は今夜かもしれませんね」

「おっしゃる通りです。ですので今夜は、町方総出で警戒に当たるつもりでおります」

決意をみなぎらせて順三郎がいったが、すぐにうなだれた。

「ただ、手はまったく足りませぬ。もともと平穏な土地柄ゆえ、町奉行所にあまり人がおりませぬ」

「これまでに奪われた金は、全部でいくらくらいになるのですか」

「ある大店から千両箱が一つ盗まれております。押し込み八件すべてを合わせると、二千両ははるかに超えているものと思われます」

「二千両か」


首をかしげて直之進はつぶやいた。それだけ稼いだとなれば、押し込みどもは沼里に見切りをつけ、新たな町に根城を移したか。いやむしろ、もっと稼げると踏んで、まだ沼里にとどまっているか。

──根城を急襲できれば一番よいが、居場所が町奉行所の者にもわからぬのでは、話にならぬ。果たして、どう探索を進めるべきか。

ほかにきくべきことはないか、直之進は考えた。別段、思いつくことはなかった。

「お忙しいところ、お邪魔した。かたじけなかった」

順三郎に礼をいって、直之進は立ち上がった。佐之助と謙之介も直之進にならう。

応接の間をあとにした直之進たちは、町奉行所の外に出た。

「湯瀬、これからどうする」

肩を並べて佐之助がきいてきた。

「やつらがどこにいるのかわからぬ以上、罠にかけるのが一番ではないかと思う」

「罠でござるか」

謙之介が興味深げな顔を向けてきた。

「どのような罠でござるか」

「おびき寄せたいな」

「どこぞの商家の蔵に、金がうなっているという類の噂をまくのか」

「いや、それでは罠だといっているのも同然だ」

「まあ、そうだな」

「まだうまい策は思いつかぬが、いずれきっといい手が浮かんでくるはずだ」

　佐之助が小さく笑う。

「ずいぶん悠長なことをいうな」

「性分だ、仕方あるまい」

　歩きつつ直之進は腕組みをした。

「やつらは十人もいるのだ。にもかかわらず、姿をほとんど見られておらぬ。これは一体どういうことなのか」

　それか、と佐之助がいった。

「おそらく、狙いをつけた場所に全員で向かわず、闇に紛れて三々五々、集まってくるのではないのか」

　なるほどな、と思って直之進は深くうなずいた。

「倉田のいう通りだ。やつらはどこからか目立たぬように、一人一人目当ての場所にやってくるにちがいない。どんなに多くても、二人か三人だろう」

「ということは根城など、はなからないのではないか」

「うむ、十分に考えられるな。押し込みどもは、仕事のときだけ一緒になるのかもしれぬ。仕事を終えたら散り散りになるということか。もしそういうことなら、いくら根城を探そうとしても見つかるはずがない」

「別々に隠れているとして、押し込みどもは、いったいどこに隠れているのでござろうな」

謙之介が不思議そうにいった。

「夜、町を歩いていてもなんら怪しまれぬ者であろう」

佐之助がいい、直之進はすぐに答えた。

「たとえば、按摩か」

「屋台の夜鳴き蕎麦屋もあるな」

「医者というのも考えられもうす。急患といえば、決して怪しまれませぬ」

確信のこもった声で謙之介がいった。

「医者か。それかもしれぬ」

佐之助が目をきらりとさせていった。

「医者ならば、助手という名目で供を連れて歩ける。助手ならば、二人くらい一緒にいてもおかしくない」

よく思いついたな、と褒めるように佐之助が謙之介にうなずいてみせた。

「医者というのなら、産婆もありだな」

脳裏をよぎったことを直之進は口にした。

「ふむ、一味に女もいるかもしれぬしな」

佐之助が同意し、すぐに言葉を続ける。

「女がいるなら、夜鷹も考えられるな。それと、もし押し込みが医者に化けておるならば、空き家を借りて開業しておるのではないか」

「考えられるな。その空き家に、押し込みどもの仲間が患者として入り込んでいるのではないか」

なるほど、と佐之助がいった。

「昼は患者になりすまし、夜は按摩や産婆、夜鷹に化けるのか。医者は二人ばかりの助手を連れて、なに食わぬ顔で、獲物として狙う家や屋敷に向かうということか。それは確かに目立たぬな」

「となると、最近、開業したばかりの医者を当たればよいか」

直之進は佐之助にいった。

「今のところ思いつく手がかりはこれしかあるまい。よし、新規の医者か、それさえわかれば、一網打尽にできるぞ」

腕まくりするように佐之助が答えた。

「新しく医者が開業したというのは、どこに行けばわかるのでござるか」

途方に暮れたように謙之介がきく。

「口入屋だろう」

佐之助がすぐさま口にした。

「口入屋は職の斡旋だけでなく、家の周旋もしておるゆえ」

「口入屋はそのようなこともしておるのでござるか。初耳でござるよ。この近くに口入屋はありましょうか」

「町の者にきけば、すぐにわかろう」

さっそく佐之助が、近くを歩いていた女房をつかまえ、話を聞きはじめた。

「三町ばかり先に一軒あるそうだ」

直之進たちのそばに戻ってきて佐之助がいった。

「土岐屋というらしい」

「よし、行こう」

直之進は、佐之助と謙之介とともに道を急いだ。

すぐに口入屋は見つかった。

土岐屋と看板が出ていた。紺色の暖簾には、御奉公人口入所と白抜きで染められている。

——これは米田屋と同じではないか。

直之進は琢ノ介の人なつっこい笑顔を思い出した。前は浪人だったが、今は米田屋のあるじとなり、堂々と店を切り盛りしている。琢ノ介がいなければ、もう米田屋は立ち行かなくなるほどの奮闘ぶりだ。元気にしているだろうか、と直之進は思った。この前、女房のおあき、せがれの祥吉と一緒に霊岸島まで見送りに来てくれた。

それなのに、直之進はもう琢ノ介たちの顔を見たくてならない。

——早く江戸に帰りたいな。

直之進はそんなことを思った。

——俺はもう、根っから江戸の者になっているのではないか。

佐之助が暖簾を払い、中に入っていった。直之進はすぐに後を追うようにして、薄暗い土間に足を踏み入れた。直之進の後ろに謙之介が続いた。

「あっ、なにかお仕事をお探しですか」

直之進たちに気づいた店の者が奥の帳場囲いから立ち上がり、雪駄を履いて土間に下りてくる。

「いや、そうではないのだ」

佐之助が首を横に振った。

「おぬしはこの店のあるじか」

「はい、さようにございます。館兵衛(かんべえ)と申します。どうぞ、よろしくお願いいたします」

「あるじ、おぬしは地所の周旋もしておるか」

「はい、しております。得手(えて)としておりますよ。お探しでございますか」

「いや、探してはおらぬ」

佐之助がいうと、館兵衛は残念そうな顔になった。

「あるじ、ならばきくが、ここ最近、医者を開業する者のために、家を周旋したことはないか」

「はい、ございますよ」

館兵衛があっさりとうなずいた。いきなり当たりを引いたかもしれないことに直之進は驚きを隠せない。

「どこだ」

佐之助が語気鋭くきいた。

「はい、城下の外れのほうにございますが」

案じ顔になった館兵衛が、ごくりと唾を飲み込んだ。

「なんという医者だ」

「玲観先生とおっしゃるのですが……」

「玲観はいつから医者をはじめた」

「二月ほど前です」

「沼里に来る前はどこにいた」

「はい、駿府にいらしたと聞きました」

「駿府でも医者をしていたのか」

「そのようです」

「人別送りはちゃんとなされているのか」

「はい、玲観さんは駿府から送り一札をもらっておりました」

送り一札とは、人別送りの証文である。これが元の請人から次の請人に届くことで、新しい人別帳に記載されるのだ。つまり無宿人ではないという証である。

「送り一札がある以上、身元はしっかりしているということでございます。送り一札を手前は家主に渡しました。玲観さんは真っ当な手順を踏んで家を借りておりますよ」

送り一札なら、と直之進は思った。偽造でもなんでもできるのではないか。文とさして変わらないものだからだ。

佐之助の直之進をみる目が、瓢簞から駒だな、といっていた。

「玲観の住処を教えてくれ」

佐之助が強い口調であるじにいった。

「しかし……」

「あるじ、もし玲観が、いま沼里を荒らし回っておる押し込みだったらどうする」

「ええっ」

館兵衛は信じられないという顔になった。

「ま、まことですか」

「まずまちがいあるまい」

「さ、さようでございますか」

館兵衛は蒼白になっている。

「早く住処をいうのだ」

「わ、わかりましてございます」

震える声で館兵衛が玲観の家への道順を告げた。

「よし、行こう」

佐之助が直之進をいざなう。

「あるじ、町奉行所に走ってくれるか」

直之進は頼んだ。

「よいか、玲観のことを町方に伝えるのだ。大久保順三郎どのという同心がおる。その人に伝えてくれ」

「は、はい、承知いたしました」

直之進たちは一斉に外に出た。その後ろを館兵衛が続く。

直之進たちは道を左に取り、館兵衛は右に向かった。

あたりは寺が多い。

「寺町か」

足早に歩きつつ佐之助がつぶやいた。

横にいる佐之助に目をやり、直之進はやや強い口調でいった。

「寺町ならば、町地ほど町人は多くないからな。身を隠すには絶好の場所ではないか」

「うむ、まったくその通りだ」

玲観の家はすぐに知れた。

口入屋のあるじの館兵衛は、境参寺（きょうさんじ）という日蓮宗の寺の真向かいにある家といったのである。

そこには家が一軒しかなかった。両隣は空き地で、草が伸び放題に伸びていた。

直之進たちは半町ほどの距離を置いて、家を眺めた。

「別に看板も出ておらぬな」

「偽医者だ。本物の患者に来られては、迷惑なのではないか」

「そうかもしれぬな。倉田、人の気配は感じるか」

あたりを見回し、直之進は佐之助にきいた。

「けっこうおるぞ。十人はおるのではないか」

「それがしも同感でござる」

謙之介もささやいた。

「どうする、湯瀬、我ら三人で襲うか」

佐之助が提案するようにいう。

「襲ってもよいが、果たしてあの家から押し込みであるという証が出るかな」

「商家から千両箱を奪っておる。それがあの家にあれば、証拠になる」

「そうだな。ほかに隠れ家を持つのはむずかしかろう。運び込んでいるはずだ」

直之進は背後を見やった。無人の道が眺められる。

「来ぬな」

「町奉行所の者か」

「ああ」

「町方を待つつもりか」

「そのほうがよいのではないか」

「湯瀬らしいな」

「へまをやらかしたくはないのだ」

「この三人がそろっておれば、へまなどやらかすはずがない」

「そうかもしれぬが……」

そのとき玲観の家の戸が開いた。

「誰か出てくるな」

十徳を羽織った男と二人の助手である。

「あれが玲観だな」

直之進の後ろで佐之助がいった。

「どこに行く気だろう」

三人の姿を目で追いかけて、直之進はつぶやいた。

三人は脇目も振らず、東に向かっていく。

「湯瀬、下見かもしれぬ」

「なるほど」

直之進はうなずいた。

「やつらの行き先を追えば、次に狙っているところが判明するな」

「よし、やつらをつけるか」

「倉田、三人でつけるわけにはいかぬぞ。あの手の連中は異様に勘が鋭いゆえ、この三人では必ず覚られよう」

「それがしにやらせてくださらぬか」

前に出て謙之介が申し出た。

「やれるのか」

佐之助は危ぶむ口調だ。

「それがしは、人をつけるのは昔から得手でござってな」

「昔からだと」

「好きな女子のあとをよくつけたものでござる」

「今度は、女子とはちがうぞ」

「勘の鋭さなら、女子のほうが上ではござらぬか」

「倉田、新美どのに任せてみよう」

「うむ」

不承不承という感じで佐之助が答えた。

「湯瀬がいいというのなら、俺は構わぬが」

「大丈夫です。へまはしませぬ」

自信たっぷりに謙之介が請け合った。

「あやつらの下見の場所がわかったら、湯瀬どのの屋敷に戻ればよろしいか」

「うむ、それでよいでしょう」

直之進は謙之介に顎を引いてみせた。

「くれぐれも気づかれずに」

謙之介が深くうなずいた。

「では、見失う前に行きもうす」

一礼して謙之介がその場を離れた。隙のない足取りで歩いていく。その姿は、あっという間に見えなくなった。

「湯瀬、まことに大丈夫であろうか」

佐之助は案じ顔になっている。

「尾張柳生一の遣い手という触れ込みが偽りでなければ、大丈夫だろう」

「偽りではなかろうな」

「うむ、あの腰の落ち方、足の運びを見れば、偽りでないのは一目瞭然だ」

「確かにな」

佐之助が同意してみせた。

「よし、倉田、大久保どのらを迎えに行くとするか」

「いや、湯瀬、俺はここに残る」

「あの家を見張るつもりか」

「そういうことだ」

「倉田、まさか一人で乗り込む気ではあるまいな」

はっは、と佐之助が笑った。

「俺は無鉄砲だが、さすがにそこまで無茶はせぬ」

「では俺もここで待つとするか。じき大久保どののたちも来るであろう」

「それがよい。なぜ玲観に疑いの目を向けたか、話したほうがよい」

遠く南の方から、こちらに走ってくる一団の姿が見えた。

総勢で二十人ばかりである。大久保順三郎率いる町方の捕手であろう。

――ああ、下見に向かう三人と、あの者たちがかち合わずに済んでよかった。

直之進は胸をなで下ろした。

順三郎を先頭に捕手たちが駆け寄ってきた。

「まこと、押し込みどもの根城を見つけられたのか」

直之進に顔を近づけて、順三郎が半信半疑という顔できく。それは無理もあるまい。直之進たちとは、ついさっき別れたばかりだ。それなのに、もう見つけたとは、さすがに信じられないのだろう。

「確証はつかめておらぬが、おそらく」

手を伸ばし、直之進は玲観の家を指さした。

「玲観は今あの家におるのでござるか」

「いや、先ほど出かけたばかりだ」

「どこに行ったのでござるか」

「下見ではないかと」

「下見でござるか。では、新美どのが玲観のあとをつけているのでござるな」

「そういうことです」

うーむ、とうなるようにいって、順三郎が玲観の家をにらみつける。

「下見に行った先がわかり、そこで待ち伏せできれば、やつらを一網打尽にできそうですな」

「そういうことだ。だが、大久保どの、ここを見張ることはやめたほうがよいな」

佐之助が忠告するようにいう。

「なぜでござるか」

順三郎が不思議そうな顔を佐之助に向ける。

「あのような連中は常にあたりを警戒するものだ。見張られていることに気づいたら、押し込みはやめてしまうだろう」

「では、やつらが目星をつけたところで待ち伏せするのが、やはり一番ですな」

「その通りだ」

佐之助がきっぱりとした口調で告げた。

「では、引き上げたほうがよろしいのでござるな」

「この人数ではなにかと目立つ。早々に引き上げられるのがよかろう」

直之進は順三郎に勧めた。

「では、そうさせていただく。やつらがどこを下見したか、必ず教えていただけるのでござるな」

確認するように順三郎がいう。

「もちろんだ」

それを聞いて順三郎がほっと息を漏らす。

「安心しました。では、それがしどもはこれにて失礼いたす」

順三郎が捕手たちを引き連れて、来たばかりの道を戻っていく。

——町方にしては、素直ないい人物ではないか。いや、考えてみれば、富士太郎さんもとても素直だな。素直な人のほうが、やはり仕事ができるのではあるまいか。

直之進は改めて確信した。

——剣術においても、素直な者の方が伸びるものだ。

そんなことを思って直之進は佐之助を見た。

「倉田、おぬしはここを動く気はないのか」

「動いたほうがよいという口ぶりだな」

「ああ、そのほうがよいな」

ちらりと佐之助が玲観の家を見やる。

「倉田、ここは新美どのを信じて引き上げようではないか」

「わかった、そうしよう」

——倉田もなかなか素直ではないか。

直之進は佐之助とともに、西条町に向かって歩きはじめた。

後ろを振り返って玲観の家を眺める。

ひっそりとして、押し込みの者たちがいるようには見えない。

だが、確実にいる。

直之進も、うごめくような人の気配をあの家からはっきりと感じていた。

五

暗い。

今夜は新月だ。

空に月はない。

それでも、直之進には右側に建つ商家の看板になんと記されているか、ぼんやりと見えている。

身代（しんだい）の大きさをあらわしているかのような巨大な看板には、澄田屋と出ている。

沼里一の廻船問屋である。

真興だけでなく直之進たちも乗船した鱗堂丸は、澄田屋の持ち船だ。

「新美どの――」

佐之助がささやいた。直之進たちは細い路地の暗がりにひそんでいた。

前方右側にある裏木戸が闇ににじみ出したようにうっすらと見える。

「なんでござろう」

謙之介も小声で返した。

「まちがいなくここだったのか」

やつらが来ないので、佐之助は少し苛立っている様子だ。

「さよう。やつらはこの店の前に来て、しばらく話をしておりもうした。その後、この店のぐるりを一周したのち、どこに行くでもなく、診療所に帰っていきもうした。いかにも、押し込みの最後の確認という感じでござった」

「そこまでいうのなら、この店でまちがいないな」

「そういうことだ。倉田、納得がいったか」

「まあな」

佐之助が小さくうなずく。

「湯瀬、もう九つはとうに回っただろう」

「回ったな。先ほど時の鐘が鳴ったばかりだ」

「来ぬな」

「来るさ」

直之進には確信がある。押し込みどもが、この新月の夜を逃すとはとても思えない。

「だが、もうこの場にひそんで三刻はたったぞ。いい加減、来てもらわぬと、さすがに足がしびれてきた」

「だらしがないな」

「きさまは平気なのか」

「しびれているさ。だが、弱音は吐かぬ」

「湯瀬、相変わらず我慢強いな」

そこで佐之助がぴたりと口をつぐんだ。

その我慢強さこそが湯瀬の剣の強さの源だものな、といおうとして思いとどまったわけを、直之進はすぐに察した。

謙之介にその言葉を聞かせたくなくて、佐之助は黙り込んだのだ。

――少しでも示唆は与えたくはないか。

佐之助がいかに東海大会に懸けているか、直之進には、その気持ちが痛いほどに届いている。

――むっ。

直之進は身構えた。これまでまったく感じなかった人の気配がしたのだ。

――ついに来たか。

暗い道に何人かの人影が立った。それぞれ身なりはちがう。

医者に二人の助手。按摩が三人。酔っ払いの形（なり）をしている男が二人。あとの二人は女だ。産婆と夜鷹である。

――なるほど、総勢十人か。

これで全員そろっているはずだ。

あとは、この押し込みどもが塀を乗り越えるのを待つだけだ。

澄田屋の敷地内には、町奉行所の捕手たちが息を殺して待っている。

今のところ、押し込みどもがその気配に気づいた様子はない。

――早く中に入れ。

直之進は祈るように思った。

――気づくなよ。

しかし、押し込みどもはその場をなかなか動こうとしない。中の気配を嗅ぐことに専念しているようだ。

――気づかれるなよ。

直之進は、中の捕手たちに心で命じた。

もっとも、仮にここで気づかれたとしても、町の至るところに大勢の捕手が網を張っている。逃がすことはないのではないか。

押し込みどもが、一斉に澄田屋の広い庇(ひさし)の下に入り込んだ。

ついに忍び込むのか、と直之進がぎゅっと拳を握り込んだとき、押し込みども
はその場で襷(たすき)がけをはじめた。

着物の裾もからげ、紐で縛っている。最後にほっかむりをした。

よし行け、とばかりに玲観とおぼしき男が無言で右手を振り下ろした。

酔っ払いを演じていた小柄な男が、まるで猿(ましら)のように軽々と澄田屋の塀を飛び
越えた。

忍び返しが設けられているが、男はその上を難なく越えていったのだ。男の姿
は一瞬で塀の向こう側に消えた。

——なんて跳躍をするのだ。あの男は忍びなのか。

裏木戸が開いた。残りの九人が中に忍び込む。

直之進が大きく目を見開いていると、澄田屋の中から、御用、御用の声がいき
なり上がった。

御用提灯の光か、澄田屋の中で明かりが交錯している。

中で待ち構えていた捕手たちが、十人の押し込みどもを捕らえようとしている

のだろう。

「よし、行くぞっ」

待ちかねたとばかりに佐之助が立ち上がり、猛然と裏木戸に突進していく。

直之進もすぐに続いた。直之進を追い越すように謙之介が駆けていく。

――負けてなるものか。

直之進は地面を蹴った。

屋敷内では町奉行所の捕手たちが、押し込みどもに殺到していた。

いきなり乱戦になった。

押し込みどもは、長脇差を手にしているようだ。それを抜いて応戦しはじめた。

町奉行所の捕手たちが、白刃（はくじん）のきらめきを目の当たりにして、一瞬、及び腰になった。

その傍らで佐之助が刀を抜き、果敢に斬り込んでいく。

峰に返した佐之助の刀が一閃するたびに、どす、という音とともに動き回る押し込みの影が一つずつ倒されていく。

二人の女は匕首（あいくち）を手にしているようだったが、その二人も佐之助が容赦なく倒した。

闇の中、謙之介も峰に返した刀を振るっている。直之進たちと同じように、夜目が利くのだろう。

謙之介は、刀を振るっては次々に押し込みどもを薙ぎ倒した。

見ていて胸のすくような活躍ぶりである。

佐之助と謙之介に何人もの押し込みがやられ、地面にくずおれていく。

倒れ伏した押し込みどもは、捕手たちがすぐさま縄でぐるぐる巻きにした。

——残りは何人だろう。

直之進は目を光らせつつ、残りの押し込みの人数を数えた。

——どうやら、あと二人か。

いきなり、そのうちの一人が直之進に向かって駆け寄ってきた。

直之進は冷静に刀を正眼に構えた。

おっ。直之進は声を発した。

こちらに駆けてきたのは玲観だった。

食らえっ。直之進は、峰に返した刀を玲観に振り下ろした。玲観の左肩を打ち据えるつもりだった。

だが、直之進の刀が届く前に、玲観がいきなり右に方向を変えた。そちらには、十人では利かない捕手たちが御用提灯や刺股、袖搦、突棒を手にして、立っていた。

長脇差を振り上げ、玲観が猛然と捕手たちに突っ込んでいく。捕手たちの垣が一瞬で崩れた。その隙間を玲観が駆け抜ける。

——なぜ食いとめぬ。

江戸と同様、沼里も捕手が弱いのだ。度胸がなく、命惜しみばかりがそろっている。

刀を引き戻して地面を蹴った直之進は、玲観を追いはじめた。

——せっかく袋の鼠にしたのだ、逃がしてたまるか。

直之進は走りに走って、玲観の背を追いかけた。

前を行く玲観が前かがみになったかと思いきや、いきなり塀に向かって跳躍した。予想外の身軽さで飛び越える。直之進もあとに続いた。

路地を行く玲観の足は速く、徐々に差が広がっていく。

——こいつはまずいぞ。

このままでは撒かれてしまう。

——なんとかしなければ。

駆けながら、直之進は腰の脇差を引き抜いた。玲観の背中は闇の中、五間ほど先に見えている。

——殺すのは本意ではないが、逃がすよりはましだ。

当たれっ、と念じて直之進は脇差を思い切り投げつけた。

あやまたず、玲観の背中に突き立ったと見えた瞬間、玲観がさっと道を左に曲がった。

直之進の投じた脇差は、むなしく闇を突き抜けていった。

直之進もすぐさま道を左に折れ、なおも玲観を追った。

だが、そのときには玲観の姿は闇に紛れ、見えなくなっていた。

直之進はあきらめず、なおもあたりを走り回った。

だが、どこにも玲観の姿はない。足音も気配も感じられなかった。

——くそう、しくじった。

ついに足を止めて、直之進はその場に立ち尽くすしかなかった。

第四章

一

不意に、あの晩のことが脳裏によみがえってきた。

玲観に向かって投じた脇差が、むなしく空を突っ切っていく。

――あのとき、なにゆえ当たらなかったのか。

当たると思った瞬間、玲観が左に折れていった。

――まさかあの瞬間によけるとは。

玲観は罪人である。やはり、常人とはまったく異なる勘の持ち主だとしかいいようがない。

――あのとき俺がしくじらなかったら、逃がしはしなかったのに。

我知らず直之進はうなだれそうになった。

「隙ありっ」

鋭い声が響き、佐之助が猛然と木刀を振り下ろしてきた。

――あっ。

直之進は自分の木刀を素早く持ち上げた。

がっ、と音がし、強い衝撃が腕に伝わってきた。

指先にまでしびれが走る。

――なんとか間に合ったか。

ぎりぎりだった。あと一瞬でも遅れていたら、佐之助の木刀は直之進の左肩の骨を砕いていただろう。

――危なかった。

冷や汗をかきつつ直之進はさっと後ろに下がり、佐之助との距離を取った。

佐之助はつけ込んでこなかった。その場にとどまり、深い色をした瞳で直之進を見る。

佐之助が木刀をだらりと下げた。

「湯瀬、今つまらぬことに気を取られておったな」

「済まぬ」

木刀の刀尖を下に向けて、直之進はこうべを垂れた。

ずかずかと佐之助が近寄ってきた。

「玲観のことか」

直之進をにらみつけるように佐之助がきいてきた。

「その通りだ」

ごまかす気などなく、直之進はうなずいた。

「考えぬつもりでおっても、ふと思い出してな。今も突然、あの晩のことがよみがえってきたのだ」

「湯瀬、今さらなにをいうておる。あれからもう半月もたっておるのだぞ」

「それはよくわかっている。だが、どういうわけか、唐突に思い出してしまうのだ」

「湯瀬っ」

佐之助が厳しい声を放つ。

「よいか、大会は明日なのだぞ。わかっておるのか」

「むろんわかっている」

「本当にわかっておるのか――」

いまいましそうにいって、佐之助が木刀を肩にのせた。

「いいか、湯瀬、何度もいうがな、首領を取り逃がしたのは、きさまのせいではない」

いや、といって直之進はかぶりを振った。

「最後に逃がしてしまったのは俺だ」

「あれは、捕手どもが腰抜けばかりだったからだ」

憤懣やるかたないという風情で、佐之助が吼えるようにいう。

「いくら命を懸けるほどの給金はもらっておらぬとはいえ、玲観を恐れて道を空けるとはなにごとだ。もしあのとき一人でも命を捨ててかかる者がいたら、玲観を捕らえることができたのだ」

「命を捨ててかかるというのは、侍でも難しいものだ……」

「確かにその通りではあるが。――湯瀬、投げた脇差が当たらなかったことを悔いておるのか」

「その場面が夢にもあらわれる」

軽く首を振って直之進は認めた。

「せめて、あと一瞬はやく投げていれば、脇差は玲観の背中に突き立ったはずだ。俺の判断の遅れが、やつの逃走を許したのだ」

それを聞いて、佐之助があきれたような顔になる。

「逃げられたのはきさまのせいではない。何度もいわせるな」

首を振り振り、佐之助が言葉を継ぐ。

「それに、玲観の手下の九人はすべて捕縛したのだ。やつらはすでに打首獄門に処された」

「そうらしいな」

「やつらは、徒党を組んで東海道筋を荒らし回っておったのだ。少なくとも、手下の九人を捕らえたおかげで、玲観は力を失った。これで沼里だけでなく、東海道筋も平穏を取り戻すであろう。湯瀬、今はそれでよしとしろ」

「しかしな……」

「ええい、いつまでもぐずぐずとうるさいやつだ。——ちょっと待っておれ。腹を立てたら、腹が減った」

おきくがこさえてくれた握り飯が、濡縁の上に置いてある。

濡縁にどすんと座した佐之助が、皿にかかっている布巾を取った。

大きめの皿の上には、山のように握り飯がのっている。

「おお、こいつはうまそうだ」

佐之助がうれしそうな声を上げた。

塩むすびと、海苔むすびである。それを見て、直之進の喉が鳴った。

「俺も食べてよいか」

さっと顔を上げ、佐之助が厳しい眼差しを直之進に注ぐ。

「玲観を逃がしたことをあれだけぼやいておいて、食い気だけは一人前にあるのか」

佐之助の言葉に、直之進は二の句が継げなかった。

「大事な大会に備えて、食べる量を減らしておるのだ。湯瀬、我慢しろ」

「しかし——」

「駄目だ、食わせるわけにはいかぬ。湯瀬、何度も同じことをいわせるな。きさまには、間食を禁じたはずだ」

うーむ、と直之進はうなり声を発した。

「倉田、いくらなんでも厳しすぎぬか」

「厳しかろうとなんだろうと我慢するのだ。よいか、相手は新美謙之介なのだぞ。わかっておるのか」

いい放つや、佐之助が両手に握り飯を持ち、かぶりつく。

それを見て、直之進はよだれが出そうになった。

「うまそうだな」

「うまいに決まっておろう。きさまの恋女房がつくった握り飯だ。だが湯瀬、これも明日までの辛抱だ」

そのときおきくが盆を手に姿を見せた。

「どうぞ」

湯飲みを佐之助のかたわらに置いた。

「おっ、これは済まぬ」

「あなたさまも、せめてお茶だけは召し上がったらいかがですか」

「うむ、もらおう」

佐之助の隣に腰かけ、直之進は茶を喫した。

「うーむ、空きっ腹に染み渡るな」

「うまかろう」

「まあな」

直之進はおきくを見た。

「直太郎はどうした」

おきくの背に姿がない。

「欽吉さんがみてくれています」

「そうか」

「では、ごゆっくり」

笑みを浮かべておきくが引き上げていく。

「しかし倉田、こんなに食事を抜いて、まことに新美どのに勝てるのか」

茶を飲みながら直之進はたずねた。

「食事を抜いているわけではない。減らしているだけだ」

すぐさま佐之助が打ち消した。

「空腹のほうが体は軽い。それは、きさまもよくわかっているはずだ」

「軽いのは事実だが……」

「だったら我慢するのだ」

「しかし倉田、いうのは易しだぞ」

「行うは難し、か」

ふん、と鼻を鳴らして佐之助は握り飯を食べ続ける。

　直之進はそれがうらやましくてならない。

「ところで倉田――」

「なんだ」

　握り飯を咀嚼しつつ、佐之助が顔を向けてきた。

「また玲観のことで申し訳ないが、やつが捕まったとの報はまだないのだな」

「うむ、聞いておらぬ」

　佐之助が新たな握り飯に手を伸ばす。

「あの診療所にも、帰った気配はないそうだ。ああ、そうだ、診療所の庭から、奪われた金品が見つかったらしい」

「ああ、それはよかった」

「近所の犬がしきりに地べたをひっかくので掘り返したところ、千両箱が二つと、油紙に包まれた金品が出てきたそうだ」

「犬が掘り返したか。昔話みたいだな」

「まったくだ」

　佐之助は一心に握り飯を食べ続けている。

　――くそう、腹が減ったぞ。飯を思い切り食べたくてならぬ。

直之進は濡縁から腰を上げると、目の前の石を腹立ち紛れに蹴りつけようとした。

「しかし、玲観はどこに行ったのか」

佐之助のつぶやきが聞こえ、直之進は足を止めた。

「玲観は、手下の言によれば、もともと医者だったらしいな」

直之進は初耳である。

「ほう、そうだったのか」

「上方(かみがた)ではけっこう名の知れた医者の跡取りだったらしい。幼い頃から、医者になるため学問に励んでおったようだ」

「そうだったか」

「医術の心得があるのなら、まともな医者をやっておればよいのに。押し込みなどせずとも、十分に稼ぎになったはずだ」

「確かにその通りだ」

佐之助が遠い目をする。

「やつは江戸に出たのかな。今頃、江戸のどこかで医者を開業しておるかもしれぬ」

「江戸でも押し込みをはたらくつもりでいるのだろうか」

「かもしれぬ」

腹が満ちたようで、佐之助は新たな握り飯に手を出そうとはしなかった。布巾を握り飯の上にかける。

「ああ、うまかった」

木刀を手に持ち、佐之助が立つ。

「湯瀬、ではじめるか」

「倉田、腹一杯食べたあとで、構わぬのか。動きが鈍くならぬか」

「なるかもしれぬ。そのときは、容赦なく打ち据えてもらってけっこうだ」

「よし、倉田の肩を砕いてやる」

「ふん、やれるものなら、やってみろ」

直之進は庭に立ち、佐之助と対峙した。

なんだかんだいっても、佐之助と稽古するのは楽しいものだ。

心が弾んでならない。

木刀を激しく打ち合っているときは、まるで佐之助と対話しているかのような心持ちになる。

「よし、来い」

佐之助が宣し、木刀を上段に構えた。

「よし、行くぞ」

直之進は正眼の構えを取った。

すぐに土を蹴った。恐怖を抑え込んで、佐之助の内懐をめがけて突っ込む。

佐之助の木刀が振り下ろされる。

わずかに横に動いて、直之進はそれをかいくぐった。

——よし。

直之進は佐之助の胴に向けて、木刀を横に払っていった。

佐之助の胴を直之進の木刀が捉えた——。

だがしかし、直之進にはなんの手応えも残らなかった。木刀が空を切ったのだ。

——なんと。

足さばきだけで佐之助はかわしていた。

——倉田め、腹一杯に食べているはずなのに軽々と動くな。しかし今のは、冷や汗をかいたのではないか。

そんなことを思い、直之進は木刀を構え直した。
佐之助の隙を見つけようと、心を集中する。
そのとき、きゃあ、とおきくの悲鳴が聞こえた。
「どうした、おきく」
佐之助との稽古を忘れ、直之進は振り向いて叫んだ。同時に台所に向かって走り出す。
――いったいなにがあった。今の悲鳴はただ事ではないぞ。
庭を走り抜けた直之進は、裏口から台所に走り込もうとした。
だが、その前におきくがよろけるように裏口から出てきた。
瞬時に足を止めた直之進は、おきくの背後に男がいることに気づいた。
男は長脇差を手にし、おきくの首に刃を添えている。
――こやつは。
直之進はにらみつけた。
玲観だった。
「おきく――」
直之進は呼びかけた。

「あ、あなたさま……」

おきくが唇をわななかせる。

「いま助けてやる。心配するな」

「助けられるものか。うぬの恋女房など、こうしてやる」

憎々しげに直之進を見つめた玲観が、長脇差を横に引こうとする。

その瞬間、なにかが直之進の横を飛んでいき、玲観の右腕に突き立った。

「ぎゃっ」

玲観がだらしない悲鳴を上げた。

玲観の右腕に脇差が突き刺さっている。

その機を逃さず直之進は突っ込んだ。玲観の頭に向けて木刀を落としていく。

おきくを突き飛ばし、玲観が直之進の斬撃をよける。

直之進はおきくを抱き止めた。大丈夫か、ときこうとした。

そのとき玲観が自分の右腕に突き立った脇差を引き抜いた。

それを直之進に向けて投げつける。

前に出て、直之進はおきくをかばった。その瞬間、飛んできた脇差が直之進の右腕をかすめていった。

痛みは感じない。

おのれっ。怒りとともに直之進は木刀を振り上げた。玲観との間合を一気に詰め、振り下ろしていく。

うおっ、と声を発した玲観は斬撃をかわそうとしたが、直之進の木刀のほうが速かった。

がっ、という音が響き、強い衝撃が腕に伝わってきた。

直之進の木刀が玲観の左肩に決まっていた。

「ううっ」

呻(うめ)き声を発して長脇差を取り落とした玲観は、血に染まった右手で左肩を押さえた。すぐに、全身から力が抜けたようにしゃがみ込む。

それでも、顔をぐいっと上げ、血走った目で直之進をねめつけてきた。

押し込みの首領らしい迫力が、その瞳には宿っていた。

「湯瀬直之進。うぬをなんとしてでも地獄に引きずり込みたかった」

喉の奥から絞り出すようなかすれ声で玲観がいう。

「うぬの女房を、うぬの目の前で殺してやりたかった」

「なにゆえ湯瀬を標的にするのだ」

横に来た佐之助が鋭い声を放つ。玲観の瞳がぎろりと動いた。

「倉田佐之助。うぬも湯瀬直之進の次に殺すつもりだった」

血が噴き出している右腕を使い、玲観が着物を脱いだ。しゃがみ込んだままくるりと回って、背中を見せる。

「これだ」

背中に刃物にやられたような傷がある。長さは三寸ほどか。

まだ治っていないようだ。いや、むしろ悪くなっているのではあるまいか。膿(う)んでいるように見える。

「これはうぬにやられた傷だ」

直之進を見て玲観がいった。

「俺がやっただと。いつのことだ」

「うぬが投げつけた脇差だ。かすめただけだったが、これほどの傷ができた。俺は自分で治そうとしたが、薬もなく無理だった。この傷のせいで、俺はじき死ぬだろう。その前になんとしても、うぬらを殺そうと思ったのだ」

疲れたように玲観が目を閉じる。

すぐに目を開けた。

やおら、かたわらに落ちている長脇差を拾い上げる。

「あっ」

直之進は声を上げた。

玲観が長脇差を持ち直し、自らの喉に突き立てた。

目がさらに血走ったが、すぐに瞳から光が消えていった。

どさり、と音を立てて玲観が前のめりに倒れ込んだ。

確かめるまでもなく、すでに息絶えていた。

あっという間のことだった。

「死におったか」

佐之助がつぶやく。すぐに思い出したように直之進を見つめる。

「湯瀬、大丈夫か。右腕を見せてみろ」

うむ、と直之進は血のしたたる右腕を差し出した。

「むう」

傷口を見て佐之助がうなった。

「ひどいようだな」

「傷は骨まで達してはおらぬようだが……」

ふと気が緩んだのか、傷口からの出血が激しくなった。

「あなたさま」

心配そうにおきくが呼びかけてきた。

「大丈夫だ。案ずるな」

「でも……」

「おきく、そなたのほうこそ大丈夫か。怪我はないか」

直之進は妻を気遣った。

「は、はい。大丈夫です」

湯瀬、と佐之助が呼びかけてきた。

「かなり重い傷であるのはまちがいないぞ」

「どうもそのようだな」

——明日が東海大会だというのに、こんなことになってしまった。

運がない。

試合では、まず右手は使えまい。

謙之介ほどの強敵相手に、左手のみで戦うことになるのか。

「済まぬ」

顔をゆがめて佐之助が謝る。

「倉田、なぜおぬしが謝るのだ」

「俺が玲観に脇差など投げなければ、こんなことにはならなかった」

「いや、投げていなかったら、おきくの命がなかった」

直之進は佐之助に頭を下げ、死骸を見やった。

「こやつが投げてきた脇差をよけられなかった俺が悪い」

「とにかく湯瀬、血を止めねばならぬ」

「そうだな」

佐之助が濡縁にあった自分の刀の下げ緒を取り、直之進の右腕をぐるぐる巻きにした。

「これで血は止まろう。だが、医者に傷を縫ってもらわなければならぬ」

佐之助が、息絶えた玲観の前に立った。怒りに体を震わせている。

「倉田、なにをする気だ」

「蹴りつけてもよいか」

「やりたければやればよいが、そんなことをしても仕方あるまい。もう死んでおるのだぞ」

「くそっ」

佐之助が苦い顔をつくった。

直之進も顔をゆがめた。

「やはり俺のしくじりだ。半月前、こやつを捕らえるか殺しておけば、こんなことにはならなかった」

唇を嚙み、直之進はうつむいた。

——明日の試合は、どうなるのか。

不安でならないが、今は前を向くしかない。

——きっと大丈夫だ。俺は必ずや寛永寺に行く。

傷が徐々に痛みはじめている。

「湯瀬、医者に行こう」

「わかった」

直之進はおきくをじっと見た。

「おきく、欽吉に奉行所に知らせるよう伝えてくれ。なあに、これしきの傷、心配するな。それより直太郎を頼む」

はい、とおきくはうなずいたが、その顔は蒼白になっていた。

二

翌日の夜明け前、佐之助と二人で仕上げの稽古を終えた直之進は、濡縁に座り、息を鎮めていた。

佐之助が寄ってくる。

「傷の具合はどうだ」

座したまま直之進は右手を上げてみせた。

「一日では、なにも変わらぬ」

「そうか」

佐之助はため息をつきたそうな顔である。

佐之助が隣に座る。

「湯瀬、いよいよ今日だぞ。やれるのか」

直之進は瞳を光らせた。

「やるしかあるまい」

「俺が代わりに出られればな」

佐之助が慨嘆する。

「今からおぬしを、沼里の家中の者にしてもらうか」

直之進は軽口をきくようにいった。佐之助が苦笑する。

「それはどだい無理だ。それに真興どのは傷のことはご存じではないからな」

「この傷のこと、話したほうがよかったか」

「いや、話さずによかったと思う。話していたら、おそらく酒川唯兵衛の出番になっていただろう」

「それでは駄目か」

「前にもいっただろう。酒川は新美謙之介を相手に善戦はしても、勝つまでには至らぬ。残念ながら、腕がちがいすぎる」

「だが、左手しか使えぬ俺と酒川とでは、さしてちがいはないのではないか」

「左手しか使えぬでも、きさまのほうがはるかに強い。それは俺にはよくわかっておる」

「そうかな」

「そうさ。きさまのほうが強い」

「倉田がそういうのなら、そういうことにしておくか」

「ああ、そうしておけ」

ふう、と息をついて直之進は空を見上げた。

まだ空は暗い。おびただしい星が光り輝いている。それでも星明かりは大した力を持たず、あたりは深い闇に包まれている。

「倉田、いま何刻かな」

横を向いて直之進はきいた。

「七つ頃ではないか。じき鐘が鳴ろう」

「では、大会がはじまるまであと一刻ばかりということか」

沼里城ではじまる大会は、六つ半開始となっている。

直之進と佐之助は、深更(しんこう)の八つ頃に起き出し、木刀での稽古を行ったのだ。

「しかし湯瀬、左手一本での振り下ろしは、だいぶさまになってきたな」

「そうであろう。まさしく怪我の功名よ」

「まったくだな」

はは、と佐之助が乾いた笑い声を上げた。

「倉田――」

声が湿っぽくならないように注意して、直之進は声をかけた。

「なんだ」

笑みを消し、佐之助が顔を向けてきた。

「感謝している」

「どうした、急に」

佐之助が目をみはる。

「急ではないさ。俺はおぬしにずっと感謝の念を抱いていた。前からいおうと思っていたのだが、なかなかいい出せなくてな。大会当日になって、ようやく口に出せた」

「そんな言葉はいらぬぞ」

「なにゆえだ。ようやくいえたというのに」

「逆の立場だったら、きさまも同じことを俺にしただろう。ちがうか」

「いや、それはそうだが」

「これまで、きさまと俺とはいろいろあった。真剣をまじえて延々と戦ったこともある。だが、今は友垣よ。友垣ならば、当然のことを俺はしたまでだ」

「友垣同士、感謝の言葉をいうのは、別におかしいことではあるまい」

「友垣というのは、そんな言葉などなくても心は通じ合っておるものだ。俺にはな、なにもいわれなくとも、きさまの気持ちは伝わっておったぞ」

「そうか。まあ、とにかく俺の思いがおぬしに通じていれば、それでよいのだ」

「通じているさ。湯瀬、とにかくだ」

座り直した佐之助が、がしっと直之進の両肩をつかんだ。

「湯瀬、痛くはないな」

「ああ。傷にも響いておらぬ」

「湯瀬、よいか、がんばってくれ。俺がいえるのは、ただそれだけだ」

「ああ、死力を振りしぼるつもりだ。必ずや新美謙之介どのを打ち破ってみせる」

「新美謙之介と当たる前に、湯瀬、こけるんじゃないぞ」

ふふ、と直之進は笑った。

「よくわかっている。今日、城に集まるのはいずれも強敵ばかりだが、新美どのに当たる前に、俺は決して負けはせぬ」

「信じておるぞ」

「ああ、信じていてくれ」

「湯瀬、一眠りせずともよいか」

「よい。横になったところで、どうせ眠れぬ」

「きさまにも、直太郎のような図太さがあればよかったのに」

「せがれの図太さは、おおきく譲りだから仕方あるまい。ないものねだりをしても、はじまらぬ」

「それで湯瀬、あと一刻ばかりあるが、なにをして過ごす」

そうさな、と直之進はいった。

「空でも見ていようではないか」

「空、をか……」

意外そうに佐之助がいった。

「ああ。俺は子供の時分から空が明るくなっていくのを眺めるのが好きだった。刻々と空の色が変わっていくのだ。そして、ついに太陽が地平の向こうにあらわれる瞬間が、大好きだった」

「日の出など、俺は初日の出くらいしか見ぬがな」

「皆は初日の出ばかりをありがたがるが、大晦日(おおみそか)の日の出とどこがちがうというのだ」

はっはっ、と声を上げて佐之助が笑った。

「湯瀬、相変わらずへそ曲がりだな」

「俺がへそ曲がりか」

「ああ、へそ曲がりよ。初日の出は新年最初の日の出だから、ありがたいのだ」

「旧年最後の日の出はありがたくないのか」

「今年一年、世話になった、くらいはいってやってもよい。だが初日の出はな、光を浴びると、体が清らかになる気がするではないか」

「大晦日の日の出も、浴びれば清らかな気持ちになるぞ」

「やはりきさまはへそ曲がりだ」

ふふ、とまた直之進は笑みをこぼした。

「しかし、へそ曲がりなどと、倉田にいわれる日がこようとはな」

「まさしく人生の不思議というやつだな」

結論づけるように佐之助がいった。

それから直之進と佐之助はひとしきり黙り込んだ。

二人は明けゆく空を飽かずに眺めていた。

三

七つ半に屋敷を出た。

直之進は佐之助とともに沼里城に足を踏み入れた。

大手門をくぐってすぐの曲輪である三の丸の広場には、おびただしい篝火が焚かれ、白い幔幕が張られているのが見えた。

「あれが試合場か」

佐之助がじっと見ていった。

「そのようだ」

幔幕の少し手前のところに、受付所のような小さな建物がつくられている。

「あそこで手続きをするようだな」

直之進はつぶやくようにいい、佐之助とともに近づいた。

受付所の侍に主家名と姓名を告げる。目の前の侍がはっとした顔になり、直之進をまじまじと見る。

「湯瀬どの、がんばってくだされ」

受付所の侍に小声でいわれた。

「がんばります」

直之進はよく響く声で答えた。

「これをお持ちください」

受付所の侍が一枚の紙を手渡してきた。見ると、対戦表だった。

「湯瀬どのの控え室はあちらです」

三の丸の隣に立つ多聞櫓（たもんやぐら）を受付所の侍は指さした。

「かたじけない」

直之進は佐之助と一緒に、与えられた控え室に向かった。

「湯瀬、ちょっとここで待て」

多聞櫓内に入ったところで佐之助が直之進を制した。

「どうした」

「控え室の引き戸が開け放たれておろう。ちょっとのぞいてくる。受付所にあった紙はあれが最後だった。ということは、皆すでに控え室に入ったということだ」

いうやいなや、佐之助が直之進のもとを離れた。

ほどなく佐之助が戻ってきた。

直之進が佐之助とともに足を踏み入れたのは、多聞櫓内に設けられた長屋の一室である。

「全員が控え室におった。それにしても意外に広いな」

「うむ、八畳間だ」

「畳敷きとは、ありがたいではないか」

「まったくだ」

直之進はあぐらをかいて座り込んだ。

佐之助が隣に端座した。

「どうだ、腕の具合は」

あたりを憚(はばか)ってか、佐之助が小さな声できいてきた。なにしろ壁は紙のように薄いのだ。

「変わらぬ」

「どれ、ちと見せろ」

「うむ」

直之進は右手の袖をまくり上げた。晒(さらし)は巻いていない。今朝、屋敷を出る前に取ったのだ。

　直之進の右手を持ち上げ、佐之助が傷をなめるように見る。

「十針も縫ったからな。熱は持っておらぬようだが、まだ痛そうだな」

「少し腫れている感じはあるな。右腕が重い」

「うむ、そうだろうな。下手に右腕を動かすと、傷口が破れるかもしれぬ」

「そうなったらそうなったときだ」

「右手も使うのか」

「使わぬわけにはいかぬだろう。左手のみではさすがにきつい」

「確かにそうだな」

　佐之助が直之進の右腕を離した。直之進は袖を元に戻した。

「湯瀬、どれ、対戦表を見せてくれ」

「ああ」

　直之進は対戦表を開き、佐之助とともに目を落とした。

　ふむ、と佐之助がいった。

「参加者は全部で十六人か。意外に少ないな」

「尾張柳生がいるからな。恐れをなした者が少なくないのだろう」

「そうかもしれぬ。尾張柳生がおるのでは、最初から勝負をあきらめる気持ちもわからぬではない」

「十六人の参加者ということは、四回勝てば優勝だな」

「その通りだ。ところで、きさまはどこにおるのだ」

佐之助が直之進の名を指でさがす。

「俺はここだ」

直之進は、右側の山の中ほどに指を置いた。

「新美謙之介はどこだ」

「ここだ」

直之進は対戦表の左端を指さした。

ほう、と佐之助が声を漏らした。

「新美謙之介とは、決勝で対決することになるのか。望むところだな」

「うむ、望むところだ」

直之進は大きく顎を引いた。対戦が決まり、身が引き締まるのを感じる。

「湯瀬、最初の対戦者は遠州掛川、太田家の石貝兵之丞という者だ」

佐之助が対戦表をじっと見ていった。

「太田家といえば、道灌公の血筋だったな。強いのだろうか」

「弱くはなかろう。だが湯瀬、案ずるな。きさまなら必ず勝てる」

「ああ、任せておけ」

直之進は左手でどん、と胸を叩いた。

「太田家の者に勝つと、次は、これも遠州だな。おそらく浜松水野家の古橋賢吾郎という者だろう」

「倉田、なぜわかる」

「先ほど控え室を見たとき、それぞれに名が貼ってあってな、古橋を見かけたのだ。かなりの遣い手にまちがいない」

「そうか」

直之進はうなずいた。

対戦表を見て佐之助が続ける。

「そのあとは……、おそらく桑名松平家、荒木田又兵衛であろう。桑名は武名を誇っておるからな。それにこの荒木田という男、柳生新陰流だ。尾張柳生に対する恐れはないかもしれぬ。強敵だぞ、きっと」

「いや、誰が勝ち上がってこようと、俺には関係ない。とにかく新美どのと当たるまで、負けるわけにはいかぬのだからな」

「問題は、十針縫った傷口が決勝までもつかどうかだ。湯瀬、左腕一本で戦う気はないか」

「いや、そのつもりはない」

直之進は明快に否定した。

「それでは右腕の負傷がばれてしまう。そうなれば、相手につけ込まれるだけだ。いつも通り、両手で竹刀を使う。だから、屋敷で晒を取ってきたのだ」

「しかし湯瀬――」

真剣な顔で佐之助が語りかけてきた。

「新美謙之介ほどの遣い手なら、おぬしが右腕に傷を負っておることを必ず見破るぞ」

「それはまちがいなかろうな」

直之進は認めた。

「新美どのだけでなく、上位に来るような者は、俺が右手を使えぬことを必ず察するだろう。だが、今日ここ沼里に集(つど)っている者で、左手しか使えぬ俺に勝てるとすれば、それは新美どのくらいだ」

その言葉を聞いて、佐之助が直之進をにらみつける。

「きさまにしては珍しく言い切りおったな」

「倉田、おぬしもそう思っているだろう」

うむ、と佐之助がいった。

「きさまのいう通りだ。先ほど見て回ったところでは、きさまに勝てそうな者は一人もおらなんだ。だが、あくまでも、ざっと見たところだからな。思いもかけぬ遣い手があらわれることも、十分に考えられる」

ふふ、と直之進は小さく笑った。

「なにを笑っておる」

鋭く佐之助がきいてきた。

「倉田佐之助という男は、意外に心配性だと思ってな。直太郎を見習うべきだな」

「うるさい」

「とにかく倉田、俺は負けぬ」

確信を込めて直之進は断じた。

「決して強がりなどではない」

「うむ、湯瀬。俺は信じておるぞ」

「よし、では着替えるか」

そういうと、直之進はすっくと立ち上がった。


直太郎をおんぶして、おきくが控え室にやってきた。

「あなたさま」

おきくは心配そうな顔をしている。

「そんな顔をせずともよい」

直之進は明るい笑顔を見せた。

「大丈夫だ。必ず俺は勝ってみせる」

「いえ、勝つのはわかっています。ただ、あなたさまの怪我が心配で」

直之進は右腕に目を当てた。

「今さらこの怪我はどうにもならぬ。このままやるしかない」

「大丈夫ですか」

「大丈夫だ」

強くいって、直之進は表情に決意をみなぎらせた。

「俺はこの地で生まれ育ったのだ。どんなことがあろうと沼里で他国者に負けるわけにはいかぬ。殿の御面目も立たぬ」

直之進の右腕をそっと抱き、おきくが目を閉じた。

おきくはどこか神々しさを感じさせる顔になっている。

わずかだが、直之進は右腕の重みが消えたのを感じた。

「かたじけない」

直之進はおきくに頭を下げた。

「おきく、だいぶ楽になった」

「まことですか」

信じられないという顔でおきくが直之進を見る。

「嘘はいわぬ。まこと楽になった」

「ああ、よかった」

直之進はおきくを抱き締めたくなった。

――おきくと一緒になってよかった。

直之進は心の底から思った。

――おきくと巡り合えたのは、きっとお天道さまのおかげにちがいない。

目を閉じた直之進は、天に深い感謝を捧げた。

四

外から歓声が聞こえた。

「湯瀬——」

佐之助が呼びかけてきた。畳に横になり、目を閉じていた直之進はまぶたを持ち上げた。

佐之助がじっと見つめてくる。

「前の試合が終わったぞ」

「そのようだな。俺の出番がきたか」

「そういうことだ。湯瀬、行くぞ」

うむ、と直之進はうなずき、立ち上がった。

そばにずっと座していたおきくが見上げてくる。さすがに不安があるようで、瞳が揺れている。

直之進はにこりと笑顔を見せた。

「大丈夫だ、おきく。さあ、一緒にまいろう」

「はい。あなたさまの戦いぶりをしっかり見させていただきます」

直太郎を背負い直して、おきくが静かに立ち上がった。

「付添人は倉田だ。おきくは、直太郎とともに見物席から見ていてくれ」

「承知いたしました」

おきくが頭を下げる。

直之進は素早く身なりをととのえた。この日のために、おきくが用意してくれた着物だ。襷がけと鉢巻(はちまき)をし、股立(ももだ)ちを取る。

控え室を出た直之進たちは、幔幕の張り巡らされた三の丸の広場に足を踏み入れた。

沼里城で最も敷地の広い三の丸には、大勢の見物客が詰めかけていた。人いきれが感じられるほどだ。

沼里家中の者だけでなく、出場する侍たちの家中の者もやってきているようだ。

真興が見物を許したのだろう、百人以上の町人も幔幕内に入っている。

姿を見せた直之進に、見物客からひときわ大きな歓声が上がった。

――ほう、俺が誰なのか、皆、わかっているのか。やはりふるさとだな。

郷土の代表だという思いを直之進は改めて噛み締めた。

おきくのおかげで、今のところ、右腕に強い痛みはない。竹刀を振るくらいなら、傷口は破れないのではないか。

――うむ、これなら行けそうだ。

しつらえられた床几に直之進は腰を預けた。

初戦の相手は掛川太田家の代表で、石貝兵之丞という者である。

すでに直之進の向かいの床几に腰かけ、こちらをにらみつけている。

目を上げ、直之進はそっと見返した。

石貝の歳は三十代半ばといったところか。筋骨はよく鍛え上げられ、隆と盛り上がっているが、とんでもない遣い手には見えない。しかし油断は禁物である。

こんなところで足許をすくわれるわけにはいかないのだ。

対戦表によると、石貝は無暁流という、これまで一度も耳にしたことのない流派の者である。

無暁流は、おそらく掛川の地生えの流派なのだろう。

石貝がどういう刀法を使ってくるのか見当もつかないが、そんなことはどうでもよい、と直之進は強く思った。

――どんな剣を使おうと、道は一つ。打ち破るしかない。

直之進が決意を新たにしたとき、その思いに水を差すかのように、ずきん、と右腕に痛みが走った。

むっ、と直之進は顔をしかめた。

あまりよくない兆候だ。

大丈夫だろうとは思うものの、どんな戦い方をしてくるかわからない相手に対し、ほとんど左手のみで戦うことになるのだ。やはり不安がないわけではない。

使えない右手は、竹刀の柄に添えるだけだ。右腕の傷を覚らせないように戦うことになるが、そのことを相手があっさり見抜くことは十分に考えられる。

いや、これだけの大会に出てくるだけの腕達者だ、必ずやすぐさま見抜くだろう。

そのときどうするか。果たして左手だけでうまく対処できるだろうか。

――いや、今そんなことを考えたところではじまらぬ。

とにかくやるしかない。

――俺は勝つしかないのだ。

「用意はよいか」

付き添っている佐之助がきいてきた。

「うむ」

「体はどうだ。軽いか」

「ああ、軽いな。おぬしのいう通り、あまり食べなかったのが功を奏したようだ」

「功を奏すかどうかは、戦いの結果が教えてくれる」

「確かにな」

「よし、湯瀬、行ってこい」

竹刀を手渡して佐之助が直之進の肩を叩く。

「行ってくる」

左手で竹刀をぎゅっと握り、直之進はうなずいた。床几から立ち上がる。

さすがに気が高ぶり、胸がどきどきしてきた。深く呼吸する。

——大丈夫だ、負けはせぬ。

強いがどこかやわらかな目を感じ、直之進はそちらに顔を向けた。

吸い寄せられるように眼差しが一点を射た。

見物人の中におきくがいた。真剣な顔をしている。

――相変わらず美しいな。

思わず、おきくに向かって手を振りそうになったが、さすがに自重した。

主審が直之進と石貝を手招いた。二人は試合場の中央に立った。

礼をしてから蹲踞し、再び立ち上がる。

直之進は竹刀を正眼に構えた。

石貝も同じ構えを取っている。

――無暁流には秘剣はあるのだろうか。

あるのではないか。

「はじめっ」

主審の鋭い声がかかった。

きえー。百舌のような声を発し、いきなり石貝が突っ込んできた。

先手必勝といわんばかりに上段から竹刀を振り下ろしてくる。

竹刀の先を上げ、直之進は石貝の斬撃を落ち着いて弾き返した。

なかなかの衝撃があり、右腕の傷に響いたが、佐之助との木刀稽古で受けた斬撃に比べたら、十分の一程度の威力でしかない。このくらいならば、傷口が破れることは、まずないだろう。

またも石貝が竹刀を上から落としてきた。それを直之進は、すっと横に動いてかわした。

この足さばきは減食のおかげであろう。

――やはり体の切れは抜群によいな。

これは思った以上である。まるで背に羽がついているかのようだ。

――倉田、かたじけない。

直之進は、息をのんで見守っているはずの佐之助に感謝した。

つと石貝が左に動いた。直之進が体の向きを変える間もなく、今度は右に動いた。稲妻の形に歩を運んで、徐々に間合を詰めてくる。

――これはなんなのか。

直之進が内心で首をかしげた瞬間、石貝がまっすぐ飛び込んできた。直之進の喉首を狙った突きである。

おっ、と意表を突かれた直之進が体を開いてかわそうとしたとき、石貝の竹刀が変化し、小手に向かってきた。

――大技と見せて、本当の狙いはこっちか。

石貝の斬撃をかわすために、直之進はすっと竹刀を引いた。

石貝の竹刀が空を切った。石貝が、えっ、という顔をした。

これまでこの一撃をよけられたことがなかったのかもしれない。

直之進は右手にほとんど力を入れることなく竹刀を振るうと、石貝の小手を打った。

びしっ、と音が立ち、石貝の手から竹刀がこぼれ落ちた。からり、と地面を力なく転がる。

「勝負あり」

主審が高々と右手を上げる。

同時に見物客から大歓声が上がった。見物客のほとんどは直之進の腕前を知らない。郷土の代表の思わぬ強さに舌を巻いているようだ。

同じ思いだったのか、石貝が呆然としている。

直之進は汗一つかいていない。ちらりと観客席にいるおきくに目をやる。

おきくはうれしそうに笑っていた。安堵の色も表情に出ている。

直之進はうなずいてみせた。おきくもうなずき返してきた。

石貝と礼をかわしてから、直之進は佐之助のもとに戻った。

「よくやった」

佐之助が手ぬぐいを差し出してきた。

「初戦としては上出来だ」

形だけ手ぬぐいを使いながら、直之進はうなずいた。

「おぬしとの稽古のおかげだ」

「それはなによりだ」

佐之助がほほえむ。

「よし、引き上げよう」

うなずいて直之進は、佐之助の後から控え室に向かって歩きはじめた。

五

次いで直之進は、二戦目の浜松水野家の代表と対戦した。

相手の古橋賢吾郎は三十前の男だった。

袴田流という、やはり聞いたことのない流派だったが、こちらは外連味のない正統派といえる剣術だった。

立ち合い開始からはじまった数合の打ち合いを制し、直之進は賢吾郎の出足を止めた。それから胴を狙うと見せかけて、音もなく賢吾郎の右横に出た。

斬撃に備えていた賢吾郎があわてて直之進に向き直ろうとする。

かすかな隙が右肩にできていた。横面を打つのにちょうどよかった。

その隙を見逃すことなく、直之進は賢吾郎の横面に竹刀を振っていった。

賢吾郎が怪我をしないよう、直之進には手加減する余裕まであった。

それでも、がつっ、と骨を打ったような音が立ち、賢吾郎は一瞬、棒立ちになったあと、地面にどっとくずおれた。

「一本」

主審が宣し、試合は終了した。

賢吾郎は気絶しているようだった。付添人が出てきて、介抱をはじめた。

賢吾郎が目を覚まし、体を起き上がらせる。信じられないという顔をしていた。

ほかにも浜松水野家家中の者が何人か出てきて、賢吾郎を囲むようにして引き上げていく。

――ふむ、やり過ぎだったか。

心中でつぶやきつつ直之進は佐之助のもとに戻った。床几に腰かけることなく、控え室に引き上げる。

右手を使わないようにしているためか、体全体に普段は感じないような疲労が溜まってきている。

「湯瀬、傷口を見せろ」

控え室に入って畳に座るなり、直之進に佐之助がいった。直之進は右腕を差し出した。

佐之助が直之進の傷の様子を見はじめたところに、おきくがやってきた。晴れがましい顔をしているが、やはりまだ不安な思いはぬぐえずにいるようだ。

なにも知らない直太郎は、おきくにおんぶされてぐっすりと眠っている。おきくに目をやろうともせず、佐之助が直之進の傷口をじっと見ている。

「ふむ、今のところは、対戦相手に恵まれたこともあって、大丈夫だな。傷口はひらいてはおらぬ」

うむ、と直之進はいった。おきくも少し安心したようだ。

直之進はそんなおきくを見つめた。

「これはおきくのおかげでもある」

直之進はおきくに右手を差し出した。

「先ほどのを、またしてくれぬか」

「わかりました」

おきくが、直之進の右腕を取り、そっと胸で抱くようにした。

——ああ。

直之進の心で吐息が漏れる。

明らかに傷の痛みが和(やわ)らいでいく。それを直之進は、はっきりと感じた。

「かたじけない、おきく」

「いえ」

「もうよいぞ」

「まことですか」

おきくが名残惜しそうに直之進の手を離す。

「だいぶ楽になった。おきく、まことにすごい力だ」

おきくが微笑する。

「もし俺が怪我をすることがあれば、同じことをおきくどのにしてもらおう」

佐之助が冗談めかしていった。

いや、と直之進は首を横に振った。

「おそらく倉田には効き目はなかろう」

佐之助がじろりと直之進を見る。

「湯瀬、愛する人にやってもらえるからこそ効くのだ、とでもいうのか」

「そういうことだ。おぬしは千勢どのにしてもらえばよい」

「湯瀬、きさま、妬いておるな」

「かもしれぬ」

おきくが口に手を当てて笑った。

そのとき外から歓声が聞こえてきた。

「あれは、新美謙之介どのだな」

耳をそばだてて直之進はいった。

「うむ、新美謙之介も順調に勝ち進んでおるようだ」

「まあ、当然だろう」

佐之助が顎を引く。

「さすがに尾張柳生一の遣い手だけのことはある。対戦相手と腕がちがいすぎるのだろう」

「その通りだな」

「やはり尾張柳生はすごいな、天下流だけのことはある。まさに桁外れの強さだ」

いって、すぐに佐之助が苦笑した。

「まったく俺というやつは。きさまに、尾張柳生の強さを吹聴してどうするというのだ」

もし、と直之進は思った。自分が次も勝って決勝に残るなら、対戦するのは謙之介でまちがいない。

この腕で、と直之進は案じた。勝ち目が本当にあるだろうか。

「どうだ、湯瀬。腹は空いておるか」

「あまり空いておらぬ。怪我の影響もあるであろう」

「体は軽いか」

「軽い。傷を負ってもこれだけ軽いのは、倉田が食事の量を制限してくれたからだろう。傷を負った獣は、決して食い物を口にせぬそうではないか。今の俺は手負いの獣と同じようなものかもしれぬ」

佐之助がにこりと笑う。

その笑顔を見て、心が軽くなるのを直之進は感じた。

「さて、湯瀬、次は準決勝だ」

真顔で佐之助が告げた。

「きさまとの腕の差は明らかだが、これまでの二人とは格がちがうぞ。湯瀬、怪我させることを恐れて手加減などするな。そんなことをしたら、足許をすくわれるぞ」

「よくわかっておる」

ぎゅっと唇を嚙み締めて、直之進は気持ちを引き締めた。

準決勝は昼の八つからはじまった。

相手は佐之助が予想した通り、桑名松平家の代表、荒木田又兵衛であった。

荒木田が柳生新陰流を使うのは、桑名松平家が国境を接する尾張の影響を受けたからではないか。

主審が、はじめっ、と鋭く宣し、試合がはじまった。

又兵衛が左に動き、そこから竹刀を振り下ろしてきた。

直之進は左に歩を運んで、その斬撃をかわした。

さらに又兵衛が左に動いた。姿勢を低くするや、今度は胴を狙ってくる。

それを直之進は竹刀で叩き落とした。少し右腕に痛みが走った。

またも左から又兵衛が竹刀を落としてきた。直之進の横面を狙っている。

直之進は竹刀を上げて、それを弾き返そうとしたが、又兵衛の竹刀が胴に変化した。

直之進にはその変化ははっきりと見えており、後ろに下がることでその斬撃をかわした。

だが、又兵衛の竹刀がひと伸びし、直之進の右腕をかすめていった。

かすめたのは、ちょうど傷口のところである。

我知らず声を上げそうになるほどの痛みが走った。

距離を取って竹刀を構えた直之進は、又兵衛をにらみつけた。

――この男、俺が右腕を痛めていることを知っておるな。

さすがに準決勝まで勝ち進んできた男である。

勝つために相手の弱点を攻めるのは当然の戦術だ。

――となると、新美どのはまちがいなく見抜いておるな。

決勝で対戦すれば、謙之介も直之進の右腕を狙ってくるのだろうか。

あの男らしくはないが、尾張代表として、勝つことを宿命づけられている以上、手段を選んではいられまい。

そんなことを考えていたら、又兵衛がまたも左に回り込み、そこから露骨に小手を打とうとした。

直之進はそれを後ろに下がってよけ、鋭く面を狙っていった。又兵衛は体をひらいてそれをかわしたが、直之進は胴、逆胴、面、小手、逆胴、面、胴、小手、と息を継がせぬ攻撃を仕掛けた。

いずれも一本とはならなかったが、又兵衛はさすがに面食らったようだ。

——ちと気負いすぎたか。どうも右腕の痛みのせいで、技に切れがなかったようだ。

だから、すべての技を又兵衛にかわされる羽目になったのだろう。

竹刀を正眼に構え、しばらく呼吸をととのえていた又兵衛がまたも左に動いた。土を蹴り、今度は先ほどのお返しとばかりに連続して技を見舞ってきた。

胴、逆胴、小手、面、面、胴ときて、最後に突きを繰り出す。

この一撃は変化を見せず、直之進の喉をめがけてまっすぐ突き進んできた。

直之進はそれをかろうじてかわした。さっき竹刀がすかめたことで右腕の傷が腫れたらしく、ひどく重く感じられる。

そのために体の釣り合いが取りにくくなっているようだ。足の運びに、明らかに影響していた。

さらに左に回り込んだ又兵衛が、竹刀を直之進の横面に叩きつけようとした。容赦のない一撃だった。

竹刀の先端が直之進の右肩に当たり、またも傷に激痛が走った。

——くそう。

直之進は歯嚙(はが)みした。

——だが、俺は負けぬぞ。

直之進は闘志が全身に満ちてくるのを感じた。

深く踏み込んで前に出た直之進は面を打とうとした。

それを待っていたかのように、又兵衛がさっと右に動いた。

おっ、と直之進は目をみはった。又兵衛が右に動くのは、これが初めてである。

姿勢を低くし、又兵衛は逆胴を見舞ってきた。これまで直之進の右側ばかりを攻撃してきたが、これは速さと切れがちがう。

――これが狙いだったか。

これまでずっと又兵衛が左から攻撃してきていたのは、それに目を慣れさせるためだったのだ。

――この男の最も得意とする技は、実は逆胴だったのではないか。

そうとしか思えない。

直之進はとっさに右にくるりと回り込むや、間髪容れずに又兵衛の竹刀に向けて一撃を加えた。

がしん、と強烈な手応えがあり、又兵衛の竹刀が地面を打った。

あわてて又兵衛が竹刀を持ち上げようとする。小手に隙ができていた。

その隙に向かってあやまたず直之進は竹刀を振るっていった。

ぱしっ、と乾いた音が立った。

うっ、とうめき声が又兵衛から漏れる。

又兵衛の手から竹刀がこぼれ落ちそうになったが、かろうじてこらえた。まだ主審から、勝負あり、の声はない。直之進は落胆の溜息をついた。

又兵衛が竹刀を持ち上げ、構えようとする。

気を取り直そうとしたそのとき、一拍遅れて勝負ありという声が発せられた。
主審が直之進の勝利を改めて告げる。
どっと歓声が沸き起こる。
その見物客たちのうれしげな声を聞いて、直之進は勝利を実感した。
――なんとか勝ったか。
さすがに辛勝としかいいようがない。
――試合が長びけば、勝負はわからなかったろう。だが、俺は勝った。
今は勝つことがなにより大事なのだ。
天を見上げ、直之進は大きく息をついた。
次はいよいよ決勝である。

六

謙之介は自分の好調さに胸が高鳴ってしようがない。
これまで何度か湯瀬直之進の戦いぶりを見たが、どうやら右腕を痛めているようだ。

今の準決勝を見て、その疑念は確信に変わった。

その右腕の負傷につけ込みさえすれば、直之進には必ず勝てるだろう。

――しかし、本当に、相手の弱みにつけ込むべきなのか。

いや、迷っているときではない。

なんとしても勝たねばならない。

殿からも勝利を厳命されている。

――ならば、湯瀬どのが痛めた右腕を攻めねばならぬ。申し訳ないが、そうさせてもらうしかない。

つい気が緩む悪い癖さえ出なければ、後れをとることはない。

実際、準決勝もあっさりと勝った。

おのれの実力を満場の者に見せつけることができ、満足だった。

次はいよいよ決勝である。

――手立てを選ばず勝たなければならぬ。

だが、と謙之介はすぐに思った。右腕の負傷につけ込まずとも、俺が編み出した秘剣を使えば、湯瀬どのに勝てるのではないだろうか。

これまでの戦いで、謙之介は秘剣を使っていない。

対戦相手との腕がちがいすぎ、使う必要がなかったのだ。

実際、秘剣を直之進の目に触れさせたくないとの思いもあった。

秘剣は柳生新陰流のものではない。自分で工夫し、編み出したものだ。

――右手が使えぬとはいえ、湯瀬どのは強敵だ。決勝では必ずや秘剣を使うことになろう。

実際、謙之介は秘剣を使いたくてならない。

戦う相手が直之進なら、秘剣を用いるのに不足はない。いや、初めて実戦で使うのにふさわしい相手ではないか。

この秘剣を目の当たりにしたら、と謙之介は思った。

――湯瀬どのはどんな顔をするだろうか。

謙之介はすぐに心中でかぶりを振った。

――いや、湯瀬どのといえども、俺の秘剣はきっと見えぬであろう。

そのことを謙之介は確信している。

決勝がはじまるのが今から楽しみでならない。

七

時の鐘が鳴りはじめた。

――あれは。

目を開けた直之進は顔を上げ、鐘が鳴っている方角を見やった。

――あれはどこの寺だったか。

なぜか思い出せない。

どうして思い出せぬのか。

直之進はじれた。

自分がどうかしてしまったのではないか、と思える。

――俺は、決勝戦を前に平静さを失っているのか。

そんなことはないと信じたいが、時の鐘を鳴らす寺の名を思い出せぬなど、やはり心の余裕がなくなっているのではないか。

「湯瀬、刻限だ」

端座し直した佐之助が語りかけてきた。

「暮れ六つになった」

「うむ、ついにそのときが来たか」

佐之助を見つめて直之進はつぶやいた。

「決戦のときだ」

「よし、やるぞ」

凜(りん)とした声を放って、直之進はすっくと立ち上がった。

おきくのおかげで傷口の腫れは引いたようだ。

この分なら思い切り戦えるのではないか。

――よし、新美どのなら、相手に不足はない。存分に戦うぞ。悔いのない戦いをすれば、結果はおのずとついてこよう。

それにしても、と直之進は思った。あの寺の名が出てこない。

――ああ、そうだ。

不意に思い出した。

――時の鐘を鳴らしているのは、千厳寺ではないか。

なぜ思い出せなかったのか。直之進は笑みを浮かべた。すっきりした。

胸のつかえが取れたような気分だ。

「よし、倉田、まいろう」

「うむ」

直之進は佐之助とともに試合会場へと足を運んだ。

佐之助が幔幕をはね上げる。それを直之進はくぐった。

背後で幔幕が音を立てて下ろされる。

直之進は試合会場の隅に立った。

向かいの幔幕を自らはね上げて、新美謙之介が登場した。

まわりの見物人たちは固唾(かたず)をのんで二人の様子を見守っている。

「湯瀬、これを持て」

佐之助が直之進に竹刀を渡してきた。

「かたじけない」

「いや、礼などいらぬ」

直之進は笑った。

「なぜ笑っておる」

「いや、親しい友垣といえども、礼はいわねばならぬのさ」

そうか、と佐之助がいった。

「湯瀬――」

改まった声で佐之助が呼びかけてきた。

「なんだ」

やわらかな声で直之進は応じた。

「いや、なんでもない」

軽く頭を下げて佐之助が引き下がった。

「もうなにもいうことはない」

「そうか」

佐之助にうなずきかけてから、直之進は試合会場の真ん中に立った。

竹刀を手に謙之介も直之進の前に立つ。

直之進は再び笑みを浮かべた。

なんだかんだいっても、よくここまでたどりつけたものだ、という充実感がある。

直之進の笑顔を、どこか不思議そうに謙之介が見ている。

二人の審判が端に立ち、主審が直之進たちのそばに立った。

直之進と謙之介は蹲踞した。それからゆっくりと立ち上がる。

か。

「はじめっ」
主審の鋭い声がかかる。
いきなり謙之介が突進してきた。先手を取ったほうが勝ちと確信しているのか。
まさに突風に煽(あお)られたような感覚だ。
一瞬で間合が縮まった。
直之進は謙之介の勢いに押され、刀尖を上げそうになった。
かろうじて我慢し、直之進は謙之介が間合に入るのをじっと待った。
——来た。
謙之介めがけて直之進は竹刀を振り下ろしていった。
だが、その前に謙之介が間合にさらに深く踏み込んできていた。
その勢いのまま下段から竹刀を振り上げてくる。
——まずい、やられる。
直之進は竹刀を引き戻し、なんとか謙之介の斬撃を受け止めた。
強烈な衝撃が伝わってきた。
——これが竹刀か。

まるで木刀のように重い斬撃である。

――こんなのは初めてだ。

佐之助の竹刀も重いが、ここまでではない。

右腕に強烈な痛みが走った。

――これが尾張柳生一の遣い手の斬撃か。さすがにすさまじいな。

直之進は、謙之介の竹刀の強さに押され、後ろに下がりそうになった。足を踏ん張ってなんとかこらえる。

すでにそのときには、謙之介が竹刀を胴に振ってきていた。

直之進は素早く竹刀を立てた。がしん、と音を立てて謙之介の斬撃が直之進の竹刀を強烈に叩いた。

右腕がまた激しく痛んだ。

――構うものか。

直之進は両手でしっかりと竹刀を握り、謙之介の面を打とうとした。

だが、空を切った。

謙之介が姿勢を低くして、今度は逆胴を狙ってきた。

直之進は弾き返した。上段から面を見舞っていく。

それを謙之介が払い、またも下段から竹刀を振り上げてきた。

足さばきだけで直之進はかわし、逆胴に竹刀を薙いだ。

さっと跳ね飛ぶように避けて、謙之介が少し距離を取った。

だがそれも束の間に過ぎず、またも突っ込んできた。

今度は突きを繰り出してきた。

——いきなりこんな大技を繰り出してくるとは。

直之進は驚いたが、気持ちは平静である。竹刀を持ち上げるや、謙之介の竹刀をはね上げた。

謙之介の面に隙ができた。そこに直之進は竹刀を叩き込もうとした。

だが、それはあっさりとかわされ、謙之介が左から斬撃を見舞ってきた。

直之進はそれも弾き返したが、右腕に痛みが走り、わずかに竹刀を戻すのが遅れた。

強烈な面がやってきた。直之進は首をかしげるようにしてかわした。びしっ、と右肩に竹刀が入る。

——浅く、不充分とはいえ、これが真剣なら死んでおるな。

だが、試合では一本にならない。

気づくと、謙之介が竹刀を八双(はっそう)に構えていた。またも踏み込んでくるや、斜めから竹刀を振り下ろしてきた。

それを直之進は打ち落とし、下から竹刀を振っていった。

だが、それは簡単に打ち返された。両腕が上がりそうになる。かろうじてこらえたが、右腕に耐えがたい痛みが襲ってきた。

——負けられぬ。

自らに気合を入れ、前に出て謙之介の横面を狙った。

これも打ち返された。

その強烈さに、直之進の腰が浮きかけた。

それを見逃さず謙之介がまたも深く踏み込んできた。

下段から竹刀を振り上げてくる。

今度の斬撃はこれまでと角度がちがい、ひどく見えにくかった。

勘だけで竹刀を合わせ、直之進は謙之介の斬撃を打ち払った。

だが、すぐに謙之介が鷹のような素早さで宙を飛び、上段から竹刀を振り下ろしてきた。

直之進は竹刀でまともに受け止めた。竹刀に岩がのしかかったかのような重みが加わり、直之進の腰は砕けかけた。

すさまじい――。その一語に尽きる。これまでの人生でここまですごい竹刀は受けたことがない。

――生きていればこういうこともあるのだな。しかし、なんと楽しいことか。

直之進には悲壮感は一切ない。右腕はひどく痛むが、今は竹刀を振るえる喜びだけが心を満たしている。

謙之介の竹刀が横に払われた。直之進は竹刀を引き下ろして、がしん、と受け止めた。

謙之介の竹刀はよく見えている。これは調子がいい証であろう。

今度は上段から竹刀を打ち下ろしてきた。それを受けたはいいが、またしても直之進の腰ががくんと落ちた。足が土の上を滑る。

そこに突きがきた。

直之進は体をひねって、その突きをよけた。

さらに胴払いが見舞われる。それに応じようと直之進は竹刀を下ろした。

それを待っていたかのように謙之介の竹刀が変化し、上段から一気に振り下ろされた。

うっ、とうなり声を上げつつも直之進は対処した。

がしん、と強烈な音が耳を打つ。腕にもひどいしびれがやってきた。右腕の傷口が持ちそうにない。竹刀を落としそうだ。

そこに今度は逆胴がきた。竹刀が直之進の体に巻きつこうとしているように見えた。

直之進は下がってそれをかわした。竹刀の先端が脇腹ぎりぎりをかすめていく。

体がくの字になる。そこを謙之介がつけ込んできた。突きがまたきた。

それを直之進は体を低くすることでかわした。すぐに面を狙われた。

それもなんとかはね上げた。

だが、そのときには謙之介の姿が視界から消えていた。

背後か。

直感し、直之進は後ろに竹刀を回した。

だが、空を切った。

竹刀が上から眼前に迫っていた。

それを直之進は竹刀の柄で受けた。すさまじいまでの衝撃が伝わり、直之進は悲鳴を上げそうになった。

右腕が痛い。傷口が破れたのではないか。

だが、痛みなどどうでもいい。

——これは俺の痛みではない。

直之進は自分にいいきかせた。

またしても謙之介の姿が見えなくなった。背後か。

ちがう。頭上だ。

思い切り跳躍しているのだ。

満身の力を込めて謙之介が竹刀を存分に振り下ろしてきた。

それを直之進は竹刀でまともに受けた。

がつっ、と竹刀とは思えない、くぐもった音が聞こえた。

これまで以上に重い斬撃だ。跳躍することで謙之介は、竹刀に自身の体の重みをたっぷりとかけてきたのだ。

直之進は、自分の背が縮んだのではないかと思ったほどだ。

同時に腕もしびれる。

竹刀を引き戻した謙之介が三たび上段から竹刀を落としてきた。

しびれたままの直之進の腕は動かず、竹刀は上げられない。直之進はなにも考えずに身を投げ出した。それしか手立てがなかった。

今まで体があったところを竹刀が通り過ぎていくのが、はっきりとわかった。

ごろりと地面を転がり、直之進は素早く起き上がった。

だが、そのときには眼前に謙之介が立っており、竹刀を振り下ろしてきていた。

——動けっ。

直之進は怒鳴るように腕に命じた。

直後、がっ、と竹刀同士がぶつかる音が耳に届いた。

——動いてくれたか。

竹刀を掲げることで直之進は謙之介の斬撃を、なんとか受け止めた。

だが、謙之介はすでに新たな攻撃に移っていた。

胴に竹刀が振られたのを直之進は見た。

竹刀では間に合わない。体をかがめるようにして、その斬撃をかわす。

頭上を竹刀がかすめていく。首を持っていかれるような風が巻き起こった。

直之進はすぐに立ち、竹刀を正眼に構えようとした。

しかし、そのときには謙之介が上段から直之進の面を打ち据えようとしていた。

竹刀を上げ、直之進はその斬撃を受け止めるしかなかった。

竹刀を引き戻すやいなや、謙之介が突きを見舞ってきた。直之進の胸に、正確に狙いがつけられている。

もしまともに受けたら、息が止まり、死んでしまうのではないか。

それも直之進はかろうじてよけた。

——俺もしぶといな。ここまで追い込まれているのに、まだやられぬ。

もっとも、しぶとさが直之進の最大の売りである。

——きっといずれ焦れてくるにちがいない。必ずや、秘剣を使ってこよう。そのときこそが勝負だ。

直之進は心に決めた。そのときまでひたすら堪え忍ぶしかない。

逆胴に竹刀がきた。それを後ろに下がってかわす。

すぐに面を狙われた。それも体をひねってなんとかよけた。

胴に竹刀が打ち込まれそうになる。直之進は竹刀で打ち落とした。

——新美どのの波状攻撃にも、だいぶ慣れてきたのではないか。

防戦一方とはいえ、直之進は、今はやられる気がしなくなっていた。

どんな攻撃が来ようと、必ず対処できる自信があった。

——自分の攻撃が通用しなくなりつつあることは、新美どのもわかっているだろう。

新たにどんな攻撃を仕掛けてくるのか、直之進には楽しもうとする余裕すら生まれている。

気合を発し、謙之介が突っ込んできた。

まるで首を刎ね飛ばさんばかりの勢いで、竹刀が横面に振られてきた。

直之進は左側に動いて斬撃をかわし、逆胴に竹刀を入れていく。

それをよけるや、謙之介が、だん、と土を蹴った。

おびただしい土埃が上がった。

一瞬、謙之介の姿が見えなくなった。

土埃を突き破るようにして謙之介が突っ込んできた。

土埃のせいで竹刀が見えにくい。

直之進は勘だけではね上げた。強い衝撃が両腕に伝わり、竹刀を取り落としそうになる。

そこにまた突きがきた。

体を開いて直之進はそれをかわした。

また謙之介が、だん、と土を蹴った。またも土埃が舞い上がる。

同時に謙之介の姿が見えなくなった。

――この土埃はなんだ。

わざと上げているようだ。

――新美どのはなにかを狙っておる。

直之進は、謙之介の動きからそのことを察知した。

――秘剣か。

謙之介は尾張柳生一の遣い手だ。とんでもない技を持っていても、なんら不思議はない。

――いったいどんな技がくるのか。

直之進はむしろわくわくした。

謙之介が小手を狙ってきた。

直之進ははね返した。

またしても謙之介が土を蹴った。土埃が激しく舞う。

謙之介の姿は見えている。
だが、次の瞬間、直之進は目を疑った。
謙之介の竹刀が見えなくなったのだ。まさしく消えたとしか思えなかった。
謙之介の手元も見えなくなっている。視野からかき消えているのだ。
いったいなにが起きたのか、直之進には解することができなかった。
――謙之介の竹刀はどこだ。
どこにも見えない。
手元も見えないから、どこを狙っているのか、判然としない。
まさかこんな技があろうとは。
直之進はひたすら驚愕するしかなかった。
さすが柳生新陰流だ。
まさしく窮地に追い込まれたが、謙之介の動きが緩慢に見えるようなことはなかった。
緩慢になったところで、斬撃自体が見えないのだからどうしようもない。
だが同時に、負けたくない、という思いが直之進の心の奥底からわき上がってきた。

心を研ぎ澄ます。

ときが止まった。

――ここだ。

竹刀が風を切る音は聞こえなかったが、今は面を狙われているのではないか、という気がした。

直之進は竹刀を上げた。直後、がつっ、と強い衝撃がきた。

竹刀がぶつかり合ったのだ。

相変わらず謙之介の竹刀は見えないままだったが、構わず直之進は逆胴に竹刀を振っていった。

はっ、としたように謙之介が後ろに下がった。

土埃が消えるや、そこに謙之介の竹刀が目に入った。

竹刀を正眼に構えているものの、謙之介はどこか呆然としている。

まさか直之進に弾き返されるとは思ってもみなかったのだろう。

――よし、俺の番だ。

咄嗟(とっさ)に直之進は決意した。

――今こそ秘剣を使う時だ。

竹刀から右手を離す。

竹刀の柄頭を左手に包み込むようにして、直之進は深く踏み込んでいった。

——とにかく恐れぬことだ。

直之進は自らにそのことを強くいい聞かせた。

我に返ったらしい謙之介も、わずかに遅れて踏み込んできた。またしても土埃が上がり、竹刀が消えた。

なぜ消えるのか。土埃が関係しているのはまちがいあるまい。

とにかく、と直之進は思った。

——謙之介どのよりもさらに深く踏み込み、左手を伸ばさなければならぬ。

そうしないと勝てない。

謙之介の竹刀が見えないことは、もはや気にならなかった。

——とにかく踏み込みの深さと、竹刀の速さ、伸びでまさってみせる。

おそらく謙之介はまた直之進の面に向かって竹刀を振り下ろしてくるにちがいない。

上段から迫りくる竹刀の気配を感じ取った直之進は、左手一本のみでひたすら竹刀を速く、無心に振ることだけを心がけた。

がしん、と妙にかたい音が直之進の耳を打った。

そのあとに、がつっ、と鈍い音が響いた。

どこにも痛みはない。いや、右腕だけは激しく痛んでいる。

だが、自分がやられたわけではないことははっきりしていた。

直之進はさっと後ろに下がり、竹刀を正眼に構えた。

おっ、と目をみはった。

目の前で謙之介がうつぶせに倒れ込んでいたからだ。

——二度、竹刀の音が聞こえたのは。

ぴくりとも動かない謙之介を凝視しつつ、直之進は考えた。

一度目は謙之介の斬撃を打ち返し、二度目は謙之介の脳天を竹刀が打ち据えたからではないか。

つまり、と直之進は思った。

——倉田との木刀稽古がまさに活きたのだ。左手一本のみで尾張柳生一の斬撃を打ち返し、さらに面を打ったのだから。

やったぞ、と直之進が心中で快哉(かいさい)を叫んだとき、主審が我に返ったように右手を天に突き上げた。

「一本、それまで」

物音ひとつとしてない試合場に、主審の声が響き渡った。

——勝ったぞ。

直之進は目を閉じた。

——この勝利は倉田のおかげだ。倉田に感謝しなければならぬ。

ふう、と直之進は息を吐き、片膝をついた。

——窮地に追い込まれたが、相手の動きが緩慢に見えることはなかった。

今の俺は、と直之進は確信した。実力が一段上がったということか。

それゆえ、あの力はあらわれなくなったということなのではないか。

謙之介よりももっと強い者があらわれ、前に立ちはだかったとき、再びあの力は出現するのだろうか。

——いや、いらぬ。

あれがあれば無敵だろうが、それは自分の力ではない。

——俺は、あのような力に頼らず勝てる男になりたいのだ。

直之進の秘剣は、謙之介の見えない竹刀を打ち返し、さらに謙之介の面を打った。

地面にくずおれた謙之介はうつぶせのまま、身じろぎ一つしない。

突然、試合場がどよめいた。見物客から歓声が沸き上がる。

それでも謙之介は動かない。

——まさか死んだのではあるまいな。

直之進は少し心配になった。

立ち上がろうとしたが、どういうわけか体が動かない。

逆にがくりと、もう一方の膝もついてしまった。

そのまま、身動きが取れなくなってしまった。まるで両腿に大石でものっているかのようだ。

——なにゆえこんなことに。

直之進は戸惑いを覚えたが、精根使い果たしたということなのだろう。

息も切れていることに直之進は気づいた。はあはあ、と荒い呼吸が聞こえ、両肩が激しく上下している。

いち早く謙之介に歩み寄った佐之助が、深々とこうべを垂れた。

謙之介の戦いぶりに、心から称賛を送っているように見える。

佐之助が心で語りかけたのが効いたか、謙之介が身じろぎした。どうやら気がついたようだ。

　さすがに直之進はほっとした。

「素晴らしい勝負だった」

　直之進の耳に佐之助の声が届く。

　ゆっくりと謙之介が起き上がる。

　佐之助を見つめている。やがて静かに口を開いた。

「湯瀬どのは強い。それがしは湯瀬どのの右腕に委細かまわずつけ込んだのでござるが……」

「勝負に徹したのだな」

　佐之助が優しくたずねる。

「さよう。どうしても勝ちたかったゆえ」

　にこにことどこか憎めない笑みを浮かべ、謙之介が立ち上がろうとする。

　佐之助が手を差し伸べた。謙之介が佐之助の手を握る。

　佐之助が謙之介を立ち上がらせた。それからゆっくりと謙之介が直之進に近づいてきた。

　佐之助の手を借り、直之進も立ち上がった。

「秘剣など使わねばよかった」

後悔を露わに謙之介がいった。その言葉には直之進が驚かされた。

「なにゆえそのようなことを」

直之進にきかれて謙之介が苦笑を漏らす。

「眠っていた湯瀬どのの底力を、それがしの秘剣が呼び覚ましてしまったようでござる」

そういう面はあるかもしれぬ、と直之進は思った。

「とにかくおめでとうございます」

潔く直之進にいって、謙之介が深々と頭を下げた。

「かたじけない」

直之進も頭を下げた。

「湯瀬どの、寛永寺では必ず優勝してくだされよ」

きらきらとした目で、謙之介が直之進を見つめてくる。

「優勝か」

なんとしても成し遂げたいが、東海大会以上に難儀な道が待っているのは、想像に難くない。

「そうなれば、それがしが湯瀬どのに敗れたことも、少しは許されましょう。湯瀬どのがいなかったら、それがしこそが優勝していたと」

「うむ、全力を尽くそう」

「約束してくだされ」

目に真剣な光をたたえて謙之介が直之進に迫る。

直之進は苦笑を漏らした。

「約束しよう。必ず優勝してみせる」

「湯瀬どの、この約束、決して反故にしてはなりませんぞ」

「わかっている」

「それを聞いて、それがし、少し安心いたしもうした」

だが、すぐに謙之介が途方に暮れたような顔つきになった。

「しかし、これからどの面下げて、名古屋に帰ればよいものか」

目だけを動かし、謙之介がちらりと見物人が集まっている一角を見た。

すでにほとんどの見物人は散りはじめているが、十人ほどの侍がかたまってこちらをじっと見ていることに、直之進は気づいた。

侍たちは、一様に怒りをたたえた目をしている。その目が謙之介をにらみつけているようだ。

「あの者らが新美どのの仲間か。確か、お目付役とのことだったが」

侍たちから目を離すことなく、佐之助がいった。

「なるほど、いずれも役目にふさわしき風貌をしておる」

直之進から見ても、滅多に笑うことがないのではないか、と思える男たちばかりだ。

——あの者たちからしてみれば、この世に生きる者のほとんどは腑抜けで惰弱にしか見えぬのではないかな。

今の若者は戦える顔をしている者など一人もおらず、当身を食らわすだけであの世に行ってしまうような者ばかりだ。

そんなことを以前、どこかの町道場の師範が口にしていた。

それのどこが悪いのだ、と直之進は反発を覚えたことがある。

今は平和な世の中だ。その平和を享受してなにが悪いというのか。戦いなど、ないほうがいいに決まっている。

剣術も同じだ。楽しむことを悪くいう風潮があるが、楽しさを感じながら稽古に励んだほうが、厳しいだけの稽古よりも、腕の伸びがずっと早くなるのはまちがいない。

このことをずっと前から直之進は確信している。

なにより一番大切なものは、人の世の平穏を喜ぶ素直な心である。これを涵養しなければ、どんなに素質があっても剣の腕前は上がらないと直之進は思っている。

——だから、俺は門人たちに仁というものを教え込まねばならぬ。文武両道というが、俺は仁武両道でいくぞ。

むろん、直之進自身、人としてもっと成長しなければならない。そのことはよくわかっている。

皆に仁を教え込む。

——そうすれば、俺自身、もっと強くなれるはずだ。

さらなる強さを身につけない限り、寛永寺の御上覧試合では一勝もできないだろう。

「どうした、湯瀬。急に黙り込んで」

佐之助にいわれ、はっとして直之進は顔を上げた。

「ああ、済まぬ。ちと考え事をしていた」

直之進は、改めて謙之介に同道してきた者たちに眼差しを投げた。

「あの者たちは、新美どののことをどう思っているのか」

謙之介の身を案じて、寄ってくる者は一人としていない。

——これは、人としてどうなのだ。

「あの者たちも柳生新陰流を遣うのだろう」

男たちの姿勢や目つきなどから、直之進はそう判断した。

「さようでござる」

「あの者たちは剣を通じて、いったいなにを学んでいるのか」

直之進は首をひねるしかない。

「新美どのが敗れたのは、努力と稽古が足りなかったせいだと、あの者たちは思っているのだろうな」

「えっ、ちがうのですか」

驚いたように謙之介がきいてきた。

「ちがうと思う」

直之進は静かに答えた。

「努力や稽古は必要だ。だがそれよりも、ずっと大切なものが剣にはあると思う」

「それはなんです」

「剣を通じて、人としてどれだけ成長しているか、ということではないかな」

「人としての成長……」

「同じ力量の者なら、最後はそのあたりで差がつくような気がしてならぬ」

「さようですか」

うつむき、謙之介はじっと考え込む風情である。

「確かにそれがしは剣のためにあらゆるものを犠牲にしてきもうした。見捨てた者も多うござる」

「俺も、人としてどうかというところはいくらでもある。ゆえに、新美どのにえらそうなことはいえぬ。ただ、これからも俺は剣を通じ、人として成長していくつもりだ」

「それがしも、これから先どう生きるべきか、もう一度、おのれを見つめ直す所存にござる。そして、日の本一の剣豪になった湯瀬どのに、いつか必ず勝負を挑むつもりでおりもうす」

「それは楽しみだ」

直之進は本心からいった。

「ところで、新美どのは、あの者たちと一緒に尾張に帰るのでしょうな」

「そうでござるが――」

「今回、負けたことで、国許において懲罰を課せられるようなことはないか」

「どうでござろう」

首をひねり、謙之介が考え込む。

「まさか、命を取られるようなことはないでしょうが、何らかの懲罰は受けることになりましょう。それを考えると、ちと気が重うござるな」

「なにかあるとすれば、謹慎やら逼塞の類ですか」

「ええ、謹慎くらいはあるかもしれませぬ」

佐之助が目を怒らせる。

「たかが剣術の試合で負けたくらいで、つまらぬことをするものよ」

吐き捨てるように佐之助がいった。

「新美どの、まことに大丈夫ですか」

謙之介のことが気にかかり、直之進はなおもたずねた。

「負けた責任を負わされ、まさか切腹などということにはなりませぬか」

謙之介が小さな笑みを見せる。

「先ほども申し上げたが、命を取られるようなことはござるまい」

「それならよいのだが……」

顔を直之進に寄せ、謙之介が小声でいう。

「もし切腹の沙汰が下ったら、それがしはとっとと逃げるつもりでござる。そんなことで、一つしかない命を失いたくはないゆえ」

「逃げるのか。それはとてもよい考えだ」

直之進が朗らかにいうと、佐之助が薄く笑った。

「もし尾張徳川家から逃げるようなことがあれば、江戸の秀士館に来るのだ。俺たちを頼ればよいぞ」

佐之助が力強い口調でいざなう。

くすり、と謙之介が笑った。

「なにがおかしい」

「いや、いま唐突に、それがしがなにゆえ湯瀬どのに敗れたか、その理由がわかったのでござるよ」

興味を引かれて、直之進は謙之介をじっと見た。

佐之助も強い眼差しを謙之介に当てている。

少し息を入れてから謙之介が話し出した。

「湯瀬どのには、倉田どのがおられる。それがしには、倉田どののような真の友垣は一人もいなかった。言い訳がましくなりもうすが、初めての土地でそれがしは孤独でござった」

少し辛そうな顔を謙之介が見せた。

「実際のところ、おのれの身はおのれで守る、自分しか頼りにならぬと、それがしは思い込んでおりもうした。剣の道は孤独なものという思い込みが、幼い頃から五体に染み込んでおりもうした」

——そういう差は確かにあるな。

うむ、と直之進は相槌を打った。

「それがまちがいだとはいいませぬが、他者と力を合わせてつくり上げる剣も、この世にはあるのだと、お二人を見て知りもうしたよ」

言葉を切り、謙之介が咳払いした。

「技量が似た者同士の対戦ならば、たった一人の孤独の剣では、二人が力を合わせた剣には勝てぬということを学びもうした」

さわやかな笑みを浮かべた謙之介が、佐之助と直之進を見つめる。目には真剣な光が宿っていた。

ふう、と謙之介が吐息を漏らす。

「友垣とは、実によいものですな。お二人を見て、つくづく思いましたよ」

謙之介が二度三度、うなずく。

「それがしもこれから、真の友垣をつくると決意しもうした」

謙之介が爽やかな笑顔をみせた。

「なにをいう。もうすでにおるではないか」

間髪容れず、佐之助が真顔で謙之介にいった。

「えっ」

目をみはって謙之介が佐之助を見る。

「俺とおぬしは、もう友垣だろう」

佐之助が断言した。

謙之介を見つめ、朗らかに笑う。

「俺も、新美どのの友垣だぞ」

直之進もすぐさま名乗りを上げた。

「湯瀬どのも……」

つぶやくや、直之進と佐之助の顔を交互に見つめてきた。そして目を閉じると、謙之介が天を仰いだ。

直之進は謙之介の背中を優しくさすった。

佐之助がやわらかく謙之介の肩を叩く。

謙之介は黙したまま、こみ上げてくる温かなものをひたすらこらえていた。

八

かぐわしいにおいが鼻先まで漂ってくる。

「直之進、まこと、これほどうまい酒を飲まぬというのか」

不思議そうに真興が直之進を見ている。

「はっ、飲みたいのは山々でございますが、それがし、酒はやめましてございます」

「まことにやめたのか」

「はっ」

「いつからだ」

「二年以上前でございます」

「なにゆえやめたのだ」

「さるお医者から、体が軽くなるといわれたからです」

「実際に軽くなったか」

「はっ、なりました」

「そうか、なるのか」

「そのお医者によると、酒というのは毒水だそうにございます」

「毒水か」

手にした杯を少し気味悪そうにのぞき込み、真興がつぶやく。

「毒水とは、あまりいい呼び名とはいえぬな。特に大名にとっては、毒という
と、ぞっとせぬ言葉だ」

大名家の当主には、常に毒を飼われる危険があるのだ。

「申し訳ありませせぬ」

直之進は平伏した。

「別に直之進が謝ることはない。命名したのはその医者であろう」

軽く笑って真興が杯を干し、膳の上にとんと置いた。

「しかし直之進、よくやってくれた」

満面に笑みをたたえて真興が褒める。

「いよいよ寛永寺だな。御上覧試合には、余も応援にまいるぞ。楽しみだな。諸国には思いもよらぬ強敵がおろうが、余は胸が高鳴ってならぬ」

真興が手酌で酒を注ぎ、ぐいっと飲む。ふう、と吐息を漏らす。

「余が戦うわけでもないのに、今からもう胸がどきどきしてならぬのだ」

そういって真興が御殿の天井を仰ぐ。その眼差しは天井を突き抜けて、遠く空の彼方（かなた）を見つめているようだ。

「本戦は、厳しい予選を勝ち抜いてきた者だけが参加する大会だ。直之進、苦しい戦いの連続になろうが、がんばってくれ」

はっ、と直之進は頭を下げた。

「殿のご期待に添えるよう、力の限りがんばります」

真興がきっぱりとかぶりを振る。

「直之進、余の期待などどうでもよい。とにかく、余は直之進の武名が上がれば、それでよいのだ。これほど強い男がおることを、諸国に知らしめたいのだ」

真興が背筋を伸ばし、口調を改めた。

「よいか、直之進。すべてはおのれのために戦うのだ。余のためとか主家の名誉のためとかは、どうでもよい」

真興の励ましの言葉はありがたく胸にしみたが、直之進は首を横に振った。

「殿のお言葉ではございますが、それがしは殿のため、そして友垣のため、家人のために戦います」

直之進ははっきりと告げた。

「直之進、そのほうが力が出るというか」

「はい。自分のために戦うよりも、ずっと力が出るものと存じます」

「ならば、それでよい」

真興が大きく顎を引いた。

「直之進、とにかく力の限り、戦ってくれ」

「わかりましてございます」

畳に両手をそろえ、直之進は深々とこうべを垂れた。

この作品は双葉文庫のために書き下ろされました。

す-08-36

口入屋用心棒
くちいれやようじんぼう
天下流の友
てんかりゅう　とも

2017年3月19日　第1刷発行

【著者】
鈴木英治
すずきえいじ
©Eiji Suzuki 2017
【発行者】
稲垣潔
【発行所】
株式会社双葉社
〒162-8540 東京都新宿区東五軒町3番28号
［電話］03-5261-4818(営業)　03-5261-4833(編集)
www.futabasha.co.jp
(双葉社の書籍・コミックが買えます)
【印刷所】
慶昌堂印刷株式会社
【製本所】
株式会社若林製本工場

【表紙・扉絵】南伸坊
【フォーマット・デザイン】日下潤一
【フォーマットデジタル印字】飯塚隆士

落丁・乱丁の場合は送料双葉社負担でお取り替えいたします。
「製作部」宛にお送りください。
ただし、古書店で購入したものについてはお取り替えできません。
［電話］03-5261-4822(製作部)

定価はカバーに表示してあります。
本書のコピー、スキャン、デジタル化等の無断複製・転載は
著作権法上での例外を除き禁じられています。
本書を代行業者等の第三者に依頼してスキャンやデジタル化することは、
たとえ個人や家庭内での利用でも著作権法違反です。

ISBN978-4-575-66818-6 C0193
Printed in Japan

秋山香乃
からくり文左　江戸夢奇談
風牙ゆる
長編時代小説〈書き下ろし〉
入れ歯職人の桜屋文左は、からくり師としても類まれな才能を持つ。その文左が、八百八町を震撼させる難事件に直面する。シリーズ第一弾。

秋山香乃
からくり文左　江戸夢奇談
黄昏に泣く
長編時代小説〈書き下ろし〉
文左の剣術の師にあたる徳兵衛が失踪した日の夕刻、文左と同じ町内に住む大工が、酷い姿で堀に浮かぶ。シリーズ第二弾。

秋山香乃
伊庭八郎幕末異聞
未熟者
長編時代小説〈書き下ろし〉
心形刀流の若き天才剣士・伊庭八郎が仕合に臨んだ相手は、古今無双の剣士・山岡鉄太郎だった。山岡の〝鉄砲突き〟を八郎は破れるのか。

秋山香乃
伊庭八郎幕末異聞
士道の値（あたい）
長編時代小説〈書き下ろし〉
江戸の町を震撼させる連続辻斬り事件が起きた。伊庭道場の若き天才剣士・伊庭八郎が、事件の探索に乗り出す。好評シリーズ第二弾。

秋山香乃
伊庭八郎幕末異聞
櫓（ろ）のない舟
長編時代小説〈書き下ろし〉
サダから六所宮のお守りが欲しいと頼まれ、府中まで出かけた伊庭八郎。そこで待ち受けていたものは……!?　好評シリーズ第三弾。

池波正太郎
熊田十兵衛の仇討ち　人情編
時代小説短編集
将来を誓い合い、契りを結んだ男は死んだ夫の仇だった？　女心の機微を描いた『熊五郎の顔』など五編の傑作短編時代小説を収録。

池波正太郎
熊田十兵衛の仇討ち　本懐編
時代小説短編集
仇討ちの旅に出た熊田十兵衛だが、宿願を果たせぬまま眼を病んでしまう……。表題作ほか珠玉の短編時代小説を六編収録。

鈴木英治

口入屋用心棒1
逃げ水の坂

長編時代小説〈書き下ろし〉

仔細あって木刀しか遣わない浪人、湯瀬直之進は、江戸小日向の口入屋・米田屋光右衛門の用心棒として雇われる。好評シリーズ第一弾。

鈴木英治

口入屋用心棒2
匂い袋の宵

長編時代小説〈書き下ろし〉

湯瀬直之進が口入屋の米田屋光右衛門から請けた仕事は、元旗本の将棋の相手をすることだったが……。好評シリーズ第二弾。

鈴木英治

口入屋用心棒3
鹿威(ししおど)しの夢

長編時代小説〈書き下ろし〉

探し当てた妻千勢から出奔の理由を知らされた直之進は、事件の鍵を握る殺し屋、倉田佐之助の行方を追うが……。好評シリーズ第三弾。

鈴木英治

口入屋用心棒4
夕焼けの甍(いらか)

長編時代小説〈書き下ろし〉

佐之助の行方を追う直之進は、事件の背景にある藩内の勢力争いの真相を探る。折りしも沼里城主が危篤に陥り……。好評シリーズ第四弾。

鈴木英治

口入屋用心棒5
春風(はるかぜ)の太刀

長編時代小説〈書き下ろし〉

深手を負った直之進の傷もようやく癒えはじめた折りも折り、米田屋の長女おあきの亭主甚八が事件に巻き込まれる。好評シリーズ第五弾。

鈴木英治

口入屋用心棒6
仇討ちの朝

長編時代小説〈書き下ろし〉

倅の祥吉を連れておあきが実家の米田屋に戻った。そんな最中、千勢が勤める料亭・料永に不吉な影が忍び寄る。好評シリーズ第六弾。

鈴木英治

口入屋用心棒7
野良犬の夏

長編時代小説〈書き下ろし〉

湯瀬直之進は米の安売りの黒幕・島丘伸之丞を追う的場屋登兵衛の用心棒として、田端の別邸に泊まり込むが……。好評シリーズ第七弾。

鈴木英治
口入屋用心棒8 手向けの花
長編時代小説〈書き下ろし〉
殺し屋・土崎周蔵の手にかかり斬殺された中西道場一門の無念をはらすため、湯瀬直之進は復讐を誓う……。好評シリーズ第八弾。

鈴木英治
口入屋用心棒9 赤富士の空
長編時代小説〈書き下ろし〉
人殺しの廉で南町奉行所定廻り同心・樺山富士太郎が捕縛された。直之進と中間の珠吉は事の真相を探ろうと動き出す。好評シリーズ第九弾。

鈴木英治
口入屋用心棒10 雨上り(あめあが)の宮(みや)
長編時代小説〈書き下ろし〉
死んだ緒加屋増左衛門の素性を確かめるため、探索を開始した湯瀬直之進。次第に明らかになっていく腐米汚職の実態。好評シリーズ第十弾。

鈴木英治
口入屋用心棒11 旅立ちの橋
長編時代小説〈書き下ろし〉
腐米汚職の黒幕堀田備中守を追詰めようと策を練る直之進は、長く病床に伏していた沼里藩主誠興から使いを受ける。好評シリーズ第十一弾。

鈴木英治
口入屋用心棒12 待伏せの渓(たに)
長編時代小説〈書き下ろし〉
堀田備中守の魔の手が故郷沼里にのびたことを知り、江戸を旅立った湯瀬直之進。その道中、直之進を狙う罠が……。シリーズ第十二弾。

鈴木英治
口入屋用心棒13 荒南風(あらはえ)の海
長編時代小説〈書き下ろし〉
腐米汚職の真相を知る島丘伸之丞を捕えた湯瀬直之進は、海路江戸を目指していた。しかし、黒幕堀田備中守が島丘奪還を企み……。

鈴木英治
口入屋用心棒14 乳呑児(ちのみご)の瞳(め)
長編時代小説〈書き下ろし〉
品川宿で姿を消した米田屋光右衛門の行方をさがすため、界隈で探索を開始した湯瀬直之進。一方、江戸でも同じような事件が続発していた。

鈴木英治

口入屋用心棒15
腕試しの辻

長編時代小説
〈書き下ろし〉

妻千勢が好意を寄せる佐之助が失踪した。複雑な思いを胸に直之進が探索を開始した矢先、千勢と暮らすお咲希がかどわかされかかる。

鈴木英治

口入屋用心棒16
裏鬼門の変

長編時代小説
〈書き下ろし〉

ある夜、江戸市中に大砲が撃ち込まれる事件が発生した。勘定奉行配下の淀島登兵衛から探索を依頼された湯瀬直之進を待ち受けるのは!?

鈴木英治

口入屋用心棒17
火走りの城

長編時代小説
〈書き下ろし〉

湯瀬直之進らの探索を嘲笑うかのように放たれた一発の大砲。賊の真の目的とは？ 幕府の威信をかけた戦いが遂に大詰めを迎える！

鈴木英治

口入屋用心棒18
平蜘蛛の剣

長編時代小説
〈書き下ろし〉

口入屋・山形屋の用心棒となった平川琢ノ介。あるじの警護に加わって早々に手練の刺客に襲われた琢ノ介は、湯瀬直之進に助太刀を頼む。

鈴木英治

口入屋用心棒19
毒飼いの罠

長編時代小説
〈書き下ろし〉

婚姻の報告をするため、おきくを同道し故郷沼里に向かった湯瀬直之進。一方江戸では樺山富士太郎が元岡っ引殺しの探索に奔走していた。

鈴木英治

口入屋用心棒20
跡継ぎの胤

長編時代小説
〈書き下ろし〉

主君又太郎危篤の報を受け、沼里へ発った湯瀬直之進。跡目をめぐり動き出した様々な思惑、直之進がお家の危機に立ち向かう。

鈴木英治

口入屋用心棒21
闇隠れの刃

長編時代小説
〈書き下ろし〉

江戸の町で義賊と噂される窃盗団が跳梁するなか、大店に忍び込もうとする一味と遭遇した佐之助は、賊の用心棒に斬られてしまう。

鈴木英治
口入屋用心棒22 包丁人の首
長編時代小説〈書き下ろし〉
拐かされた弟房興の身を案じ、急遽江戸入りした沼里藩主の真興に隻眼の刺客が襲いかかる！沼里藩の危機に、湯瀬直之進が立ち上がった。

鈴木英治
口入屋用心棒23 身過ぎの錐
長編時代小説〈書き下ろし〉
米田屋光右衛門の病が気掛りな湯瀬直之進は、高名な医者雄哲に診察を依頼する。そんな折、平川琢ノ介が富くじで大金を手にするが……。

鈴木英治
口入屋用心棒24 緋木瓜の仇
長編時代小説〈書き下ろし〉
徐々に体力が回復し、時々出歩くようになった米田屋光右衛門。そんな折り、直之進のもとに光右衛門が根岸の道場で倒れたとの知らせが！

鈴木英治
口入屋用心棒25 守り刀の声
長編時代小説〈書き下ろし〉
老中首座にして腐米騒動の首謀者であった堀田正朝。取り潰しとなった堀田家の残党に盟友和四郎を殺された湯瀬直之進は復讐を誓う。

鈴木英治
口入屋用心棒26 兜割りの影
長編時代小説〈書き下ろし〉
江戸市中で幕府勘定方役人が殺された。その惨殺死体を目の当たりにし、相当な手練による犯行と踏んだ湯瀬直之進は探索を開始する。

鈴木英治
口入屋用心棒27 判じ物の主
長編時代小説〈書き下ろし〉
呉服商の船越屋岐助から日本橋の料亭に呼び出された湯瀬直之進は、料亭のそばで事切れていた岐助を発見する。シリーズ第二十七弾。

鈴木英治
口入屋用心棒28 遺言状の願
長編時代小説〈書き下ろし〉
遺言に従い、光右衛門の故郷常陸国・鹿島に旅立った湯瀬直之進とおきく夫婦。そこで、思いもよらぬ光右衛門の過去を知らされる。

鈴木英治
口入屋用心棒29 九層倍(くそうばい)の怨(うらみ)
長編時代小説〈書き下ろし〉
八十吉殺しの探索に行き詰まる樺山富士太郎。湯瀬直之進が手助けを始めた矢先、掏摸に遭った薬種問屋古笹屋と再会し用心棒を頼まれる。

鈴木英治
口入屋用心棒30 目利(めき)きの難(なん)
長編時代小説〈書き下ろし〉
江都一の通人、佐賀大左衛門の元に三振りの刀が持ち込まれた。目利きを依頼された大左衛門だったが、その刀が元で災難に見舞われる。

鈴木英治
口入屋用心棒31 徒目付(かちめつけ)の指
長編時代小説〈書き下ろし〉
護国寺参りの帰り、小日向東古川町を通りかかった南町同心樺山富士太郎は、頭巾の侍に直之進の亡骸が見つかったと声をかけられ……。

鈴木英治
口入屋用心棒32 三人田(さんにんだ)の怪
長編時代小説〈書き下ろし〉
かつて駿州沼里で同じ道場に通っていた鎌幸に用心棒を依頼された直之進。名刀の贋作売買を生業とする鎌幸の命を狙うのは一体誰なのか？

鈴木英治
口入屋用心棒33 傀儡子(くぐつし)の糸
長編時代小説〈書き下ろし〉
名刀〝三人田〟を所有する鎌幸が姿を消した。湯瀬直之進はその行方を追い始めるが、そんな中、南町奉行所同心の亡骸が発見され……。

鈴木英治
口入屋用心棒34 痴(し)れ者(もの)の果(はて)
長編時代小説〈書き下ろし〉
南町同心樺山富士太郎を護衛していた平川琢ノ介が倒れ、見舞いに駆けつけた湯瀬直之進。だがその様子を不審な男二人が見張っていた。

鈴木英治
口入屋用心棒35 木乃伊(ミイラ)の気
長編時代小説〈書き下ろし〉
湯瀬直之進が突如黒覆面の男に襲われた。さらに秀士館の敷地内から木乃伊が発見される。だがその直後、今度は白骨死体が見つかり……。